CHV

RAOUL SCHROTT

Das schweigende Kind

Erzählung

Carl Hanser Verlag

1 2 3 4 5 16 15 14 13 12

ISBN 978-3-446-23864-0

Satz: Gaby Michel, Hamburg
Druck und Bindung: CPI – Ebner & Spiegel, Ulm
Printed in Germany

FSC
www.fsc.org
MIX
Papier aus verantwortungsvollen Quellen
FSC® C006701

Einmal, in einer leeren, schlaflosen Nacht, habe ich die Landschaft meiner Seele gemalt. Ich habe mich an den Zeichentisch gesetzt und Strich für Strich all die Küsten und Berge eingetragen, die Flüsse und Seen.
Die Seele des Menschen ist gefangen in sich selbst und das Leben die Suche nach einem Ausweg, der über die Grenze führt – sieht man am ersten Morgen des letzten Tages wieder die Berge jenseits der Grenze stehen, hat es sich erfüllt.

Reyl-Hanisch, *Terris Animae*

EINS

Erzählenswert ist wohl nur Wirkliches. Um dir jedoch die Wahrheit sagen zu können, muss ich Zeugnis alles Falschen ablegen.

Durch das Rundglas schaute ich zu, wie deine Mutter hineingerollt, an Maschinen und Schläuche angeschlossen wurde. Die Gesichter der Ärzte bis auf die Augen von Gazemasken verhüllt, breitete man ein grünes Tuch über sie, sodass vom prallen Bauch unten bloß ein Rechteck blieb. In diesem abgemessenen Operationsfeld fing dein Leben an, einem keimfreien gefliesten Raum, in dem deine Mutter ihren Körper taub werden spürte.

Drinnen nahm ich ihre Hand; sie ließ los: bleib weg, bleib weg, du bist schuld, die Schmerzen haben einen halben Menschen aus mir gemacht, das wolltest du doch, gib's zu, murmelte sie. Stattdessen hielt mich der Anästhesist an der Schulter, um mich am Blick über die Schirmwand zu hindern. Ich entwand mich schließlich seinem Griff, um sehen zu können, wie sie dich mit den Füßen voran aus dem Leib zogen.

Eine Steißgeburt warst du, dein Körper voll weißem Schmer, dein Haar kohlig schwarz dagegen. Blut troff von deinem Gesicht, du warst von der Stirn ab darin getaucht, mit der verschmierten Schnauze eines jungen Polarbären, der sich in einer Robbe festgebissen hat, um sie hin und her zu schütteln und auf die Scholle zu zerren, deine Zehen breit gespreizt, als wolltest du mit talgverklebtem Fell gleich davonstapfen, einen Fleischbrocken im Maul, Blut auf den Tatzen und der dahinter in den Harsch gezogenen Spur.

Ein Schwall dunklen Meeres stieg derweil in deiner Mutter auf und nahm ihr die Luft; sie würgte, die Narkose lähmte ihre Lungenflügel: erst da habe ich dich schreien gehört. Zwei Krankenschwestern brachten deine Mutter weg und legten dich mir in die Arme. Du wolltest dich festbeißen, deine Schnauze erneut unter das Eis stecken, dich an meiner Brust festsaugen, bist dabei aber mit deinen Pfoten abgerutscht in meine Achsel, die Armbeuge. So erlagst du zum ersten Mal in deinem Leben einer Täuschung, einem leeren Versprechen.

Wonach habe ich wohl für dich gerochen? Diese erste Zeit waren wir einander weder fremd noch vertraut; wir nahmen einander wahr, uns scheu berührend unter der Decke, die eine Schwester fürsorglich über uns legte.

Natürlich konnte ich an diesem Abend nicht einschlafen. Ich ging zurück in mein kleines Atelier und begann mit dem Auftrag, den ich so lange vor mir hergeschoben hatte: eine Illustration des Himmels, von der Antike bis in die Neuzeit. Ich hatte bislang nur Vaters alte Edda hervorgeholt, den stockfleckigen Band, aus dem er mir als Kind vorgelesen hatte, wieder und wieder, sodass die vergilbten Seiten sich nun von selbst an seinen Lieblingsstellen öffneten, Versen in Frakturschrift, die ich jetzt nur schwer zu entziffern, aber immer noch auswendig aufzusagen weiß – wie aus des Riesen Ymirs Fleisch die Erde erschaffen wurde, aus seinem Blut das Meer, aus den Knochen das Gebirge, aus dem Schädel der Himmel, aus dem Gehirn Wolke um Wolke, seine Braue ein Landstrich aus Feuer und Eis.

Solch eine Welt warf ich mit Rötel aufs Papier, die gähnende Leere bevor die Zeit anhob, wo die Sonne noch keinen Mittag und der Mond keinen Untergang kannte, es nur Stein, aber kein Gras gab… So wie ich dieses Universum skizzierte, wollte ich auch unser Leben beginnen lassen, und als ich es mit den Vögeln hell werden hörte, war ich gerade bei der Esche angelangt, ließ sie in den Wolken wurzeln und die drei Nornen hervortreten, die notlösenden Geburtshelferinnen und Schicksalsfrauen mit Namen Yrd, Verdandi und Skuld: Ward, Werde und Schuld.

Nun sitze ich wieder an einem Bett; das Fenster steht offen, Kim duscht, draußen der grüne Hang, wo die Rebstöcke sich hinauf in das Flirren des Morgens reihen. Ich habe die Nummer deiner Mutter gewählt, um mit dir reden zu können, obschon ich weiß, dass niemand abheben, deine Stimme nicht zu hören sein wird, und bin schon jetzt wie erstarrt. Ich stütze den Kopf in die Hände und schlucke trocken, als könnte ich die Beklemmung hinunterwürgen, ehe Kim nass aus der Tür kommt und sieht, dass der Tag wieder seine Konturen eingebüßt hat, in sich zusammengefallen ist wie morgen und übermorgen auch, die ganze Reise, die eine Flucht zu uns und eine Fahrt zurück zu mir ist.

Ich ziehe die dünnen Tafeln aus der Mappe und schlage das schützende Seidenpapier auf, als ließe sich an den Bildern noch etwas ändern. Zu Beginn bloße Lohnarbeit, haben sie mir doch mein ganzes Können abgefordert, um darüber zu meinem zu werden. Bei Gouachen lassen sich die Farben nicht mehr verreiben, die Schichtungen von Dunkel zu Hell, von Blau zu Gelb müssen mit Bedacht gelegt werden – so sorgfältig, wie ich auch vorgehabt hatte, den Grundriss eines Hauses zu entwerfen, den Schattenriss einer Familie.

Der Verleger wird nun Kim und mich wie vereinbart abholen, um die Aufmachung der Publikation zu besprechen; wir werden den Wein trinken und die Haselnüsse knacken, für die diese Gegend bekannt ist.

Ich versuche, das rechte Gesicht dafür aufzusetzen, weiß, dass es mir schon bald nicht mehr passen wird, jedes Lachen schmal herausgepresst.

Dann steht Kim vor mir, fährt mir durchs Haar und ich drücke meinen Mund an ihren Bauch, verloren an sie und mich. Ich bin immer noch erstaunt, dass sie mich liebt, ohne etwas zu fordern, und umso linkischer, da ich nicht weiß, wie sie umfangen. Bislang hatte ich bloß kopiert, was deine Mutter für Liebe hielt, gewohnt, sie als Vorwurf aufzufassen, mich dabei jedoch als weiße Fläche auszusparen, bis das Leuchten der Farben darauf kreidig wurde und riss.

ZWEI

Der Wahrheit willen zeichne ich für dich noch einmal all die Um- und Abwege nach: das wird das Geradlinigste sein.

Wenn du diese Zeilen liest, wirst du alt genug sein, um längst auch in dir Gewalt entdeckt zu haben, dieses an Zähnen und Klauen rote Biest. Deine Mutter wollte dich vor diesem Tier bewahren, das in mir wie in dir steckt. Wenn es nach ihr ging, hättest du nicht einmal im Sandkasten krabbeln dürfen, weil du alles sofort in den Mund nahmst, dein Schlund grau von Grit; dir aber machte es nichts aus, du lachtest – so schmeckte die Erde eben, wenn man sich in ihr festbeißt.

Ich dagegen wusste, bis ich dreißig wurde, kaum etwas von dem, was blind im Menschen steckt. Das änderte sich, als ich deine Mutter kennenlernte, wie sie in der Säulenhalle der Akademie wartete, der Steg über die Seine ein Stahlbogen über das Wasser, an dem die Liebenden saßen in ihrer für sie noch unbegreiflichen Nähe. Um deine Mutter zu sehen, musste ich mir das Geld dafür von meinem Stipendium absparen; dazwischen ging ich in die Sorbonne, um Vorlesungen über ›aleatorischen Materialismus‹ zu besuchen. »Die Logik des Würfelwurfs auf den Kampfplätzen der Philosophie«; »Die Staatsmaschine und die Mechanik des Zufalls« – gehalten wurden diese mehr oder minder extemporierten Reden von einem Schweizer, der stets im selben perlgrauen Anzug ans Pult kam, dicke lange Locken im Pferdeschwanz; wie ich hörte, wechselte er bald danach vom philosophischen Institut ins Verlagswesen, um seine ›permanente Revolution‹ im handlicheren Format von Büchern unter die Leute zu bringen.

An den anderen Tagen zog es mich in die Straßen; ich entdeckte die Stadt und begann sie während der Studentenunruhen zu fotografieren, die zufälligen Zeichen der Gewalt: ausgebrannte Autos, Parolen an den Wänden, ein blutiges Taschentuch, aufgebrochenes Pflaster, aus dem die Steine gerissen worden waren, das zerschmetterte Glas über einem mit Marilyn Monroe werbenden Plakat an einer Bushaltestelle. Sie erschienen mir als poetische Sujets, bis ich einsehen musste, dass meine Stärke nicht im Blick durch einen Sucher lag, in unbeteiligtem Sezieren und Sichdistanzieren, sondern vielmehr im Ausgriff der Hand und wie sie etwas bloßlegt an den Dingen, unserer Natur. Ihr Gestalt zu verleihen, begann ich die klassische Ausbildung an der Akademie und war mir bewusst, dass ich damit aus der Zeit fiel.

Mir haben meine Eltern stets vorgehalten, ein zorniges Kind gewesen zu sein, beständig um Anerkennung raufend – ich selbst kann mich dessen nicht mehr entsinnen.

Meine Erziehung beruhte auf den Vorstellungen meines Vaters, die er als Aussiedler aus einer anderen Zeit mitgebracht hatte, auf dem Fundament eines Glaubens, in dem Gott aus der Welt getreten war, nachdem Er alles beseelt hatte. Da aller Anfang in Ihm war, zog Er sich daraus zurück, um Seiner Schöpfung Platz zu machen: so entstand die Welt samt ihrem Makel. Nur Sein Licht breitete sich in ihr noch aus; doch es gleißte derart, dass die Sphären davon brüchig wurden und sich mit Rissen überzogen. Siehst du den Himmel?, fragte mein Vater. Die Sternbilder zeigen uns nachts die abertausend Stücke, in die das Firmament seit dem Sündenfall zersprungen ist.

Meine Mutter hingegen, um viele Jahre jünger, sah in diesen Spiegelscherben allein sich selbst; sie wollte ihre Schönheit wahrgenommen wissen, mit dem scharfkantigen Glas all jene rund um sie verletzend, die ihr nicht die erwünschte Huldigung erwiesen. Die Liebe, die sie mir schenkte, war deshalb stets abhängig von der Anerkennung ihrer Person, der bezeugten Dankbarkeit für ihre aufopferungsvollen Mühen. Von ihr muss ich wohl die künstlerische Ader haben. So liebte sie etwa das Ballett; sie sparte das Geld von unseren Mündern ab, um einen Stehplatz ergattern zu können, und fuhr dafür weit mit Bus und Zug von unserem Bauerndorf in die Stadt, von der gesetzten

Atmosphäre und den Roben der bessergestellten Damen ebenso angetan wie von den Darbietungen. Es war eine Welt, die ihr fremd bleiben sollte, doch gerade deshalb übte sie eine umso größere Faszination auf sie aus: Sie sah darin das, was ihr von Geburt an hätte zustehen müssen, wenn sie in anderen Verhältnissen groß geworden wäre. Ich erinnere mich gut, wie sie vor unserem ersten Fernsehgerät saß, vertieft in einen Schwanensee aus flimmerndem Weiß, und sich dabei die Zehennägel rot anmalte, als mache sie sich für ihren Auftritt bereit.

Die Liebe, die mir meine Eltern erwiesen, war stets abhängig von der Bewertung meines Verhaltens, zumindest aber von der Erfüllung der Gebote und meinem Gehorsam. War mein Vater zufrieden mit mir, warf er mich hoch in die Luft; als Gedächtnisrest geblieben ist mir das Gefühl eines schier endlosen Sturzes, gebannt in der Angst vor dem Aufprall.

Warum zählte ich dann, ohne zu überlegen, wenn ich dich endlich in meine Arme schließen durfte, bis drei und ging leicht in die Knie, um dich ebenso in die Luft zu werfen, so hoch ich konnte, damit du mir wieder in die ausgestreckten Hände fielst, jauchzend, deine Augen groß, als sollte es nie aufhören, und noch mal und noch mal?

Und dann höre ich die Reifen auf dem Kies knirschen. Kim sieht zum Fenster hinaus und fährt sich durch die Haare, die Tür eines schwarzen Geländewagens schnappt auf und der Verleger steigt aus, Sandalen, scharf gebügelte Faltenhose samt roten Trägern, um sie über dem Bauch zu halten, ein kurzärmeliges blaues Hemd und ein Kopf voller ergrauter und kurz gehaltener Locken. Er winkt herauf und sein Blick bleibt an Kim hängen, überrascht.

DREI

Du kennst meine Geschichte nicht, du weißt nur um ihr Ende. Deshalb muss ich dir alles andere erzählen: den Anfang und das, was zwischen uns liegt.

Ich zucke immer noch zusammen, wenn ich Terpentin rieche; der bittere Geschmack von nassem Gips am Gaumen genügt, die Zeit stillstehen zu lassen und mich über die Sägespäne zu meinem Platz gehen zu sehen und die Utensilien auszupacken, um dem üblichen Geplänkel zuvorzukommen. Die Modelle sind meist schon vor uns da, verschwinden mit ihrer Tasche in der Toilette, um sich auszuziehen und einen Bademantel überzustreifen, den sie von irgendeinem Hotel haben mitgehen lassen: an seiner Zerschlissenheit erkennt man, wie lange sie im Gewerbe sind, wie gut sie inzwischen zu posieren verstehen. Männliche Modelle habe ich stets gerne gezeichnet; sie stellen ihre Makel offener aus, scheinbar unbekümmert, als wollten sie so genommen werden, wie sie sind. Jede Eitelkeit wirkt bei Bauch und schlaffen Muskeln verräterisch; ich zeichne sie dann wie unter einer 200-

Watt-Birne, bar jeder Attitüde und Grazie, das Genital feist in der Mitte.

Für die Arbeit unbrauchbar sind eher die Exhibitionisten und die gelegentlichen Stripperinnen, die glauben, sich ein leichtes Zubrot verdienen zu können. Sie zögern das Entkleiden so lustvoll hinaus, wie sie dürfen, nur um sich dann von einem letzten Bekleidungsgegenstand nicht trennen zu können, dem Wunschband ums Handgelenk, einem Kettchen am Fuß; so wie man sich bei keinem Striptease je zur Gänze entblößt, bleibt bei ihnen immer noch irgendeine glitzernde Schleife als Kitzel. Nicht, dass ich keine Erregung verspürt hätte, wenn uns eines der Mädchen Musch und Arsch hinhielt, um herausfordernd Blickkontakt zu erzwingen. Zeichnen jedoch hat wenig damit gemein: obwohl es sich die Modelle zum Objekt macht, bildet es keine Lust ab.

An diesem Tag aber kam deine Mutter. Sie hatte das Haar hochgesteckt; Flipflops an den Füßen wegen der Splitter und Reißnägel am Boden, ging sie zwischen uns hindurch auf die Palette, die ihr als Bühne diente, eine umgedrehte Holzkiste der einzige Behelf. Etwas drang von dem Duft der Lotion zu mir, mit der sie sich eingecremt hatte, wie um ihre Nacktheit mit einem unsichtbaren Glanz zu versehen, sie vollkommen werden zu lassen. Es war, als hätte ein leichter Luftzug im Raum, ein unmerkliches Schwanken der Temperatur die Grenzen zwischen Körper und Welt verwischt.

Das Flüchtige bestimmt uns. Oder sind es nur zufällige Belanglosigkeiten, die sich einem unauslöschlich einprägen? Ich wünschte, ich könnte es sagen. Drei lange, lange Jahre habe ich alles getan, damit du mich nicht vergisst: in den wenigen Stunden, in denen ich dich sehen durfte, solltest du erfahren, dass du auch einen Vater hast, spüren, dass ich da bin.

Dass ich mit dir im Arm auf einem Rummelplatz Trampolin sprang, ohne dass du mit deinen drei Jahren genug davon bekamst: daran wirst du dich wohl genauso wenig mehr erinnern wie an unseren Ballonflug über die Loire. Ich wollte dir zeigen, wie die Erde miteins rund wird, und dachte, mit dir zusammen auch meine eigene Höhenangst überwinden, alles durch deine Augen sehen zu können. Doch wenn ich über den Korbrand in die Tiefe blickte, überkam mich stattdessen Angst um dich, stellte ich mir vor, dich fallen zu sehen, dein Körper nur noch ein dunkler Punkt über dem spiegelnden Blau, die Leere in mir unerträglich, verzweifelt nach Atem ringend, während ich an deinem Gesichtsausdruck nur stille Neugier ablas, die bald der Langweile wich, sodass du schnell zu plärren begannst und zurück auf den Boden wolltest.

Da hättest du vielleicht schon sagen können, dass du nachts träumst. Woran aber hast du zum ersten Mal den Unterschied zwischen dem Wachen und dem Träumen gemerkt, diesen Bildern, die uns glauben machen, wir wären am Leben? Weil sie, sobald du nachts die Augen aufschlägst, ins Dunkel fallen?

Manchmal wähnt man, dass etwas unabänderlich seinen Lauf nimmt, ohne zu ahnen, wohin es führt. Ich war zu jener Zeit in ein Niemandsland geraten, weil ich mir nicht eingestehen wollte, dass ich mit meiner Kunst, mit allem, was so vielversprechend begonnen hatte, am Scheitern war.

Zurück zum Figürlichen hatte ich gewollt; doch das Reale missriet mir zum Kitsch, nicht besser als der Zuckerbäckerstil von Sacré-Cœur, dessen weißer Travertin nie Patina annehmen wird, nachts von der Beleuchtung zusätzlich noch mit einer weißen Glasur überzogen, was ihm die Weihen völliger Verkommenheit verleiht. Hatte ich dem Menschen seine verstörende Wirklichkeit wiedergeben wollen, zeigte sich auch mir mit jeder Studie bloß das Leere unter der Haut, den Gesichtern und Blicken. Dass dies an mir lag, ich zu nichts wirklich Menschlichem durchdrang, das zuzugeben bin ich erst jetzt imstande. Ob es mir an Talent mangelte oder ob ich aufgrund meiner Erziehung die falsche Geisteshaltung mitbrachte, vermag ich nicht zu sagen: nur dass ich in eine Sackgasse geraten war, in der ich mir wie einem Doppelgänger gegenüberstand.

Dazu kam der finanzielle Druck, mit meinen Bildern nun eine Familie erhalten zu müssen. Da ich kaum etwas verkaufte, sah ich mich nach Arbeit um. Ich bot der Akademie Vorlesungen über die Malerei der Renaissance an, was aufgrund meiner fehlenden akademischen Qualifikation auf keinen Widerhall stieß; man vermittelte mir lediglich die Mitarbeit an der Katalogisierung der Bilder eines nach Indonesien ausgewanderten Deutschen. Deshalb hängte ich allerorts Zettel mit meiner Telefonnummer auf, in denen ich mich als Portraitmaler ausgab, ohne aber genügend Aufträge zu erhalten, und suchte zu diesem Zweck sogar mein ehemaliges Institut an der Uni auf, obwohl ich jeden Anknüpfungspunkt längst verloren glaubte. Dennoch löste eine belanglose Konversation mit der Sekretärin dort einige Zeit später völlig überraschend die Anfrage aus, ob ich Illustrationen des Sternenhimmels für einen Schmuckband anfertigen wolle. Ich zierte mich zunächst, weil ich glaubte, das Honorar weiter nach oben treiben zu können. Da sich der Verleger die Mühe machte, mich in Paris aufzusuchen, legte ich dies als Zeichen aus, dass er mich wertschätzte. Obwohl ich schnell herausgefunden hatte, dass er eigentlich nur der Buchmesse wegen nach Paris gekommen war, schmeichelte es mir, dass er mich zuhause aufsuchte; sogar deine Mutter mochte ihn, trotz seiner plumpen Zutraulichkeit.

Dass sein Projekt ausgerechnet für Kroatien bestimmt war, störte mich nicht; ich fühlte mich umworben genug. Ebenso wenig stieß ich mich daran, dass er sich dann am Ende nicht einmal mehr die Mühe machte, die Mappe in Paris abzuholen, sondern mich kurzerhand nach Zagreb bestellte, ohne dass von Reisekosten die Rede gewesen wäre.

VIER

Im Nachhinein gibt man gern etwas als zwangsläufig aus, nur um die Verantwortung für sein Handeln verdrängen zu können; unter welchen Umständen jedoch kann man wirklich von Notgedrungenheit reden?

Wann habe ich aufgehört, Menschen zu zeichnen? Verdrängt, dass ein Modell, wie unser Lehrer mit seiner altväterlichen Art meinte, ein Wesen ist, das erst auf dem Podium Gestalt annimmt: zeigt Respekt davor, habt Demut vor seiner Würde, dem Wunder seiner Wirklichkeit: Humanitas! In einem Akt lässt sich alles ausdrücken, jedes noch so triviale wie sublime Sujet, vom Jüngsten Gericht bis zum Stilleben, in denen alles die uns entsprechende Form gewinnt: die des Menschlichen! Er idealisierte natürlich; denn jeder Akt tilgt etwas vom Körper und unterdrückt die Umstände des Hier und Jetzt zugunsten von Verallgemeinerungen: Narben etwa oder Impfmale – ich schien der einzige, der sie abzeichnete. Warum aber begann ich dann, eben das aufs Blatt zu bringen, wogegen ich mich stets gewehrt hatte, und bloß noch schematische Figuren zu malen – ja nicht einmal dies: nur mehr den Hintergrund des Himmels in seiner unverrückbaren Starre? Totes statt Lebendigem?

Die Ausrede, mit der ich das Projekt einer Geometrie der Nacht vor mir entschuldigte, bot sich an: wie besser die Stillzeit überbrücken, in der deine Mutter kaum zum Arbeiten kam, um damit dennoch, offen gesagt, mehr zu verdienen als ich? Gedacht war es als reine Fingerübung, das Honorar übernommen von irgendeinem Konsortium – dass man so viel Geld bereitstellte, schien Liebhaberei zu verraten, ein prestigeträchtiges Vorhaben, für das man keinen Dilettanten wollte. So zumindest wurde es mir verkauft, es schmeichelte meiner Eitelkeit in dem Maß, in dem ich mich durch diese Arbeit eines bloßen Kopisten unterfordert fühlte.

Unseren eigentlichen Beweggründen gegenüber sind wir allzu oft blind; wir erkennen sie erst als Konstellation durch die perspektivische Sicht auf einen Fluchtpunkt. Wahrscheinlich willigte ich in dieses Projekt ein, weil ich damit dachte, diesen in Myriaden von Splittern zerbrochenen Himmel, der mich als Kind so verängstigt hatte, wieder zusammensetzen zu können. Was letztlich aber den Ausschlag gab, war eine uralte ägyptische Sternennacht, deren Darstellung man mir als Probe abverlangte.

Das Original stammte aus dem Tempel einer Oase; ringsum von Sand umgeben, hatte man sich darin die

Vorstellung eines Urgewässers im Nichts ausgemalt, die Zeit, die daraus erstand und die sodann den Erdgott und die Himmelsgöttin Nut zeugte. Als diese beiden jedoch miteinander schlafen wollten, drängte sich der Wind zwischen sie und trennte sie: Nut wurde in die Höhe getragen und beugt sich seither, ihre Glieder ausgestreckt, über ihn, einzig mit Finger- und Zehenspitzen ihn noch berührend, während der Erdgott vergeblich versucht, sich zu seiner Geliebten am Himmel emporzuheben. Das Gebirge zur Silhouette des klagenden Erdgottes geworden, zeichnet ihm die Milchstraße die Kontur ihres Körpers in die Nacht, den Mund und ihren Bauch: Nut ist schwanger von ihm. Die Frucht ihres Leibes jedoch auf die Welt zu bringen ist ihr verwehrt; es gab keinen Monat, in dem du durch den Schoß der Sterne hinab auf die Erde hättest wandern können: er öffnete sich dir erst in den Tagen zwischen den Jahren.

Deine Zeugung hingegen war eine prosaische Angelegenheit. Nicht, dass es kein Akt der Liebe gewesen wäre: du bist ein Wunschkind. In Erwartung deiner wurde das Glück beinahe greifbar; inniger als je zuvor, ungeachtet der Jahre, die wir bereits zusammen waren, konnten deine Mutter und ich voneinander kaum die Finger lassen. Und unser Begehren wuchs desto mehr, als wir es für jene Tage zurückhielten, in denen deine Mutter fruchtbar wurde, um uns eine Stunde zu suchen, die dann ganz für sich bestand, heil blieb.

Nach jedem Einsetzen der Periode aber wurde deine Mutter wieder von ihrem alten Ich eingeholt. Bevor die Traurigkeit ganz unerträglich wurde, kam zwar stets die Hoffnung auf den nächsten Monat; schwanger wurde sie dennoch nicht. So zogen wir manchmal in ein Hotel, als könnte uns die Geschichte eines fremden Hauses aufnehmen, oder wechselten die Rollen, ich der Himmel, deine Mutter die Erde, der Wind draußen vor dem Fenster, in der Gasse.

Manchmal aber hilft Wünschen allein wenig. Am Ende erstand ich auf dem Flohmarkt sogar zwei Fruchtbarkeitssymbole aus Schwarzafrika, einen geschnitzten Phallus, mit dem Mädchen defloriert wurden, und eine hohle Tonfigur, in die man etwas von sich legte: doch selbst solche Götter halfen nicht. Auch wenn wir die Welt in unser Bett zu holen versuchten – es änderte nichts an dem Umstand, den uns schließlich ein Arzt explizierte: dass nämlich die Unfruchtbarkeit deiner Mutter von einer inneren Verkrampfung rühre, die ihr die Eileiter verschließe.

Also blieb bloß die Medizin: der noch warme Samen in einem Plastikfläschchen, das in eine Zentrifuge gesteckt wurde, um die besten Zellen auszusondern, das entnommene Ei und ein Reagenzglas. Ich konnte einen Blick durchs Mikroskop auf die dickflüssige Substanz werfen, auf dieses Gewimmel von schwarzen Geißeln, meinen Teil an dir, bevor er in das Ei eindrang. Eine Befruchtung im Glas.

Alle zwei Wochen kamen wir zur Kontrolle, um dich auf dem Schirm zu sehen: Erst warst du nur ein

Punkt in einem dunklen Rauschen, der Leuchtspur eines Partikels in einer Wolkenkammer ähnlich, dann ein Umriss, in dem deine Mutter sofort deinen Kopf oder deine Gliedmaßen erkannte, während mich die Ultraschallaufnahmen an die Fehlfarbenbilder von Galaxien erinnerten, dein Herzschlag das Klicken im Lautsprecher eines Radioteleskops.

Doch begann deine Mutter da schon von mir abzurücken; du wuchst aus ihr und warst deshalb auch ihres geworden. Meine Hand auf ihren Bauch zu legen, um eine deiner Bewegungen zu spüren, genügte nicht mehr für das Glück, weder mir, der so nur Fremdes ertastete, noch ihr, die sich alleingelassen fühlte und in ihre Welt zurückzog. Von Instrumenten abstrahiert, wurde der Himmel zu etwas Fernem, eine Leere, die uns umschloss, unmerklich einsickernd und unsere Instinkte erfassend, kalt von innen heraus, dass sie spröde wurden wie Metall in Stickstoff, unsere Gefühle so taub, dass Schmerz eine Erleichterung wurde und Gewalt Befreiung.

Doch so wie die Konstellationen unmerklich mit der Zeit auseinanderdriften, um sich zu neuen Figuren zu formieren, ändern auch wir uns. Würden wir einander wiedererkennen, wenn wir uns zufällig begegneten? Wie wirst du aussehen, einmal zur Frau geworden?

Dass wir aber zusammengehörten, wusste ich in dem Moment, als ich dich das erste Mal in meinen Armen hielt. Du erkanntest mich, ein Lächeln lief über dein Gesicht und blieb, und ich gab dir nicht mein übliches schiefes Grinsen zurück, sondern entdeckte eines, das ich bislang von mir nicht gekannt hatte. Wir waren ein Herz; doch was die Seele betrifft, so erwächst sie in jedem anders und aus dem, was wir tun. Ich war ohnmächtig, fast bis zum Schluss war ich das, ohne zu ahnen, dass mir daraus auch Stärke hätte erwachsen können und ein reines Gewissen.

FÜNF

Wäre die Wahrheit doch etwas bestimmbar Ganzes, unverrückbar für sich; stattdessen führt eines zum anderen und weiter, und immer zu Einzelnem.

Als wir an diesem Vormittag in Kroatien abgeholt wurden, nahm Kim im Fond Platz, während der Verleger mir gönnerhaft zuzwinkerte, als sähe er in mir noch einen Studenten; und zu allem Überdruss meinte er noch, mir zur ›geheimnisvollen Schönheit meiner jüngsten Eroberung‹ gratulieren zu müssen. Zuvor hatte er uns mit Milan bekannt gemacht, in jenem überkorrekt akzentuierten Deutsch, das ihm die Jesuiten seines Schweizer Internats eingebleut hatten. Sie sind hier auf einem von Milans Weingütern untergebracht, fügte er mit ausholender Geste hinzu.

Ich beeilte mich, Milan für seine Gastfreundschaft Dank auszusprechen. Der jedoch blieb einsilbig und musterte uns bloß, sein Blick ebenfalls unangenehm lange an Kim haftend; er war darin weniger geschickt als der Verleger. Früher hätte mich das gestört, weil deine Mutter von mir erwartet hatte, mich in solchen

Situationen vor sie zu stellen, andernfalls sie eine Feindseligkeit an den Tag legte, die viele meiner Bekannten abstieß. Kim jedoch verstand es, Distanz zu wahren und hörte dem Verleger höflich zu, der ihr erzählte, dass schon Dionysos in diese Berge gekommen war und seine Reben mitgebracht hatte. In dem Kirchlein da rechts gibt es Fresken aus dem 13. Jahrhundert, die ihn als Heiland bei etwas zeigen, das man Bacchanalien nennen kann. Sie interessieren sich doch für Kunst?, meinte er mit einem Seitenblick auf mich.

Ich überließ Kim die Antwort, die unweigerlich zur Frage führte, welchem Beruf sie nachging. Doch da gab es einen Knall und ein Teil des Seitenspiegels flog durch das herabgekurbelte Fenster in das Auto. Milan bremste ruckartig, drehte sich um, wir mit ihm, um nur noch einen kleinen blauen Fiat davonfahren zu sehen, ohne langsamer zu werden. Milan fluchte lauthals und wollte den Wagen wenden, doch der Verleger legte ihm besänftigend die Hand auf den Arm.

Kurz darauf bogen wir in einen Weg, der zu dem Gut am Hügel führte, eine hohe Mauer ringsum, Eisenspitzen und Glasscherben auf der Oberkante bis zu einem schmiedeeisernen Tor samt eingearbeitetem Wappen. Die Gitterflügel öffneten sich auf Knopfdruck und gaben den Blick frei auf gestutzte Hecken, deren Grün in der Hitze verblich, auf dem Hügel ein wuchtiger alter Vierkanthof samt vorgebauter Terrasse, über die sich ein Sonnensegel spannte. Das Auto hielt, Milan verschwand und der Verleger ging voraus, als wäre er hier zuhause. Er goss uns Campari in hohe Gläser, um unsere Zungen vom Frühstück abzulaugen, wie er sagte, und so saßen wir unter diesem Sonnensegel, das uns mit seinem Rot übertünchte und mich nervös machte.

Ich fühlte mich unwohl, ich wusste, das war wieder einer der Tage, die ich besser allein verbracht hätte, gefangen in einer Geschichte, die mich auch hier keinen Tag losließ, sie immer wieder aufs neue durchdenkend, in der Hoffnung, irgendeine Lösung zu entdecken, in der all die kaleidoskopischen Splitter eine Konstellation ergaben, die uns umfasste, deine Mutter, dich, mich und Kim. Dabei hätte ich eigentlich meine Person und meine Arbeit präsentieren sollen; doch sei es, dass Kim mir die Konversation abnahm oder der Verleger an anderes dachte, es kam nicht dazu. Ich merkte, wie steif ich dasaß, die Stimme in den Hals gerutscht; mein Gesicht zur Maske geworden, starrte ich auf die aus Beton gegossene Fontäne am Ende der Terrasse und den über drei Steinschalen tänzelnden Cupido.

Damals, als ich deine Mutter kennenlernte, wollte ich noch in meinen Bildern zeigen, was hinter all den Larven der Kunst steckt. Gleich bei welcher Sitzung und für welche Figur, ob auf einem Diwan hingestreckt oder frei stehend, mich interessierte nicht der Akt, sondern das Nackte. Das Modell kam herein, erhielt seine Instruktionen, löste den Knoten an seinem Mantel, drapierte ihn irgendwo und stellte sich dann vor uns auf; doch bis die erwünschte Haltung eingenommen war, glich diese Minute einer Offenbarung, die den Raum aus dem Gleichgewicht brachte, alle Blicke auf die Mitte gerichtet, in der sich uns nun ein Mensch in all seiner Blöße anbot, so überaus wirklich, von fast peinsamer Lebendigkeit, verletzlich und dabei alles beherrschend, sich jedem unserer Blicke unterwerfend.

Die Pose einmal eingenommen, verlor sich das Nackte sogleich; für die nächsten drei Stunden strahlte der Körper unverhohlenes Selbstvertrauen aus, mit sich im Reinen, ausbalanciert in seinem Stand, während meine Hand aufs Papier zu bannen suchte, was die Augen abtasteten. Meine Faszination galt dem, was sich in diesen Sekunden intensiver als alles erwies: die Gänsehaut, die den Haarflaum aufrichtete, wenn der Saal wie meist zu kühl war, der Schweiß, stand das Modell zu nah an den aufgebauten Lampen. Was die anderen ablenkte oder übergingen, darauf wartete ich: die verhohlene Unruhe, wenn es pinkeln musste oder die Knie kaum merklich beugte, um den Blutkreislauf nicht zu unterbinden. In den alle zwanzig Minuten eingerichteten Pausen entdeckte ich das, worauf ich aus war: den übersehenen Lippenstiftrest auf den Zähnen oder einen hellblau aus dem Schamhaar stechenden Tamponfaden. Manchmal geschah es ganz am Ende, nach einer anstrengenden Pose, bei der das Modell sich übernommen hatte; die Glieder taub geworden, taumelte es auf der Plattform, bevor es sich wieder fing, der Körper die marionettenhafte

Starre einbüßend und wieder Mensch werdend, ein verwundeter Engel auf Erden.

Arbeitete deine Mutter für uns, merkte ich, dass sie sich von den anderen Modellen unterschied: über ihren Hüften fehlte das gerötete Band, das Nylonstrümpfe nach dem Ausziehen hinterlassen, die Druckstellen des Höschens, weil sie gekommen war, ohne etwas anzuhaben außer dem Kleid. Das war professioneller, ungenierter und strahlte dadurch eine durch keine Pose zu verbergende Nacktheit aus.

Sie ihrerseits musste beobachtet haben, dass ich als einziger unschlüssig vor meinem Block saß, ohne an ihr Maß zu nehmen. Das ging mehrere Sitzungen so, bis sie sich einmal unabsichtlich mit den Fingern durch die Haare fuhr, nachdem die Hand irgendwo mit Kohle in Berührung gekommen war, und auf der Stirn zwei dunkel hingewischte Striche hinterließ. Erst dann begann ich sie zu malen, wurde sie berührbar, weil sie sich eine Blöße gegeben hatte.

Zwei Tage später rief ich sie an; ich hatte mir, obwohl dies verpönt war, Namen und Adresse aus der Kartei beschafft. Ich legte mehrmals noch vor dem ersten Klingeln auf, weil ich den Frosch in der Kehle nicht los wurde. Dass sie aber sofort wusste, wer ich war, kaum dass ich meine Ausrede herausgestammelt hatte, fasste ich als Zeichen auf; sie kam mir zuvor und meinte, sie habe nichts dagegen, wenn man ihr den Hof mache. Die Selbstsicherheit, mit der sie das sagte, beeindruckte mich.

Manchmal ging ich auch in die Modellierstunde, um deine Mutter zu zeichnen. Die Büsten und Torsi waren noch mit feuchten Tüchern bedeckt, damit der Gips über Nacht nicht austrocknete, bis sie abgezogen wurden und mir unfertige Köpfe entgegenstarrten, die an deine Mutter erinnerten, ohne sie zu sein, auf ihre Weise so gleichförmig wie ungetreu. Sie selbst wurde auf dem Podium immer wieder ein Stück weitergedreht, um jedem zumindest einmal den gewünschten Blickwinkel bieten zu können, während sie mir ausdruckslos in die Augen starrte, bis ich mich abwandte.

Einige kamen mit Schublehren und Zirkeln, um Proportionen auszumessen, und hielten das Lot an ihren Ellenbogen oder das Knie, um einen Kanon zu bestimmen: vom Kinn bis zum Haaransatz ein Zehntel der Figur, von der Nasenspitze bis zu den Brauen ein Drittel des Gesichts, um derart einen vollendeten und verfeinerten Körper auszumessen, als könnte man einem ebenso naiven wie grotesken Wesen Erhabenheit verleihen, als wäre alle Kunst nur darauf ausgerichtet, idealisierte Doppelgänger zu erschaffen, ihre obsessive Schönheit ein Abbild von Unsterblichkeit – während ich die Schlagschatten festhalten wollte, jeder Makel das Symbol von etwas Menschlichem.

Und so stand deine Mutter da, in der Pose von Praxiteles' Aphrodite, den Oberkörper leicht gedreht, eine Hand gekuppt vor ihrer Scham, in eine unsichtbare Ferne blickend. Sie bot sich offen allen Seiten dar, als wäre sie sich der Legende um diese Statue bewusst, in die sich jemand einst so sehr verliebt hatte, dass er sich nachts im Allerheiligsten versteckte, einen milchigen Fleck als Zeichen der Lust auf dem Marmor zurücklassend. So zumindest ist es überliefert. Und ja – dieser jemand war ich, ohne zu ahnen, wie diese Geschichte enden würde.

Vielleicht wirst du später einmal sagen können, was an deiner Natur von mir und was von deiner Mutter stammt. Von der Leere jedenfalls, die sich in unserem Spiel des Sichentziehens auftat, von all den dabei bloßgelegten Schwächen, hast du nichts: Ich spürte stets Stärke in dir, eine Lebenskraft, die nie zerstörerisch wurde, die sich treu blieb, selbst in der Widerspenstigkeit, bevor du dich schließlich meiner Umarmung ergabst. Du hast dich gern verausgabt, nur um müde zu werden; jedes Spiel mit dir war ein lauter Schaukampf, auf allen vieren, rennend oder Grimassen schneidend. Aber wir wussten beide, wann es genug war, lagen dann atemlos Wange an Wange und sahen zur Decke hoch. Mag sein, dass diese Eindrücke trügen. Denn schlägst du mir nach, frisst du gleichfalls alles in dich hinein, nur um dein Gesicht nach außen zu wahren.

Unsere letzten drei Jahre durfte ich dich anfangs während der Stunden sehen, in denen deine Mutter ihrer Arbeit nachging – bevor sie irgendwelche Kunststudentinnen als Babysitter einstellte, um dich mir nicht anvertrauen zu müssen. In meinen Stunden aber zeigtest du dich voll ungebrochener Neugier, scheinbar unerschütterlich. Schlugst du deine olivingrünen Augen auf, warst du sofort wach, als hättest du gar nicht geschlafen; stolpertest du auf einer Stufe, nahmst du sie wieder und wieder; und wenn du müde wurdest, hast du dich einfach zur Wand gedreht, deinen Arm um mich schlingend, damit ich nicht fortginge. Und manchmal standest du vor mir, mit den Schultern zuckend, als machtest du dich selbst über deine Stummheit lustig.

Liebe sucht stets nach der eigenen Erfüllung; bei mir war es dein Geruch, von dem ich nicht genug bekam: du rochst einmal wie ein gerade vom Stamm gebrochener Ast, das Harz noch klebrig, dann wie der Schnee vor dem Frühling, Harsch und Firn in der Sonne, ich erfüllt davon, glücklich an dich gedrückt.

Du schliefst sogar auf meinem Arm, wenn ich umherging, warst geborgen und dabei alles andere als hilflos – was mir der einzige Trost ist. Trotz allem aber wollte ich dir kein Christophorus sein, nein, du solltest selber laufen. Weißt du noch, wie wir in einem flachen Tal im Wald von Fontainebleau spazieren gingen, der Bach geschwollen, wie du nackt in seinen Kehren geplantscht hast und ständig auf die andere Seite wolltest, wo die Wiesen grüner schienen und die Brombeeren schwärzer, wie wir auf den glatten Wacken durch das strömende Wasser gingen, Hand in Hand, ohne dass du Angst bekommen hättest? Du hast dir nur auf die Zunge gebissen und die Augen zusammengekniffen: ein Lausmädel warst du, eine Räuberstochter und mein ganzer Stolz.

Ich besitze drei Schnappschüsse von dir; es sind die einzigen Bilder, die mir von dir geblieben sind. Auf einem von ihnen sitzt du auf meinen Schultern und steckst in meinem übergroßen braunen Pullover, weil es an jenem Herbstnachmittag kalt war. Auf dem mit Selbstauslöser geschossenen Foto bin ich leicht verwackelt, dich jedoch sieht man scharf genug, um die Sommersprossen auf deinem Gesicht zählen zu können. Man sieht darauf auch, dass dein rechtes Auge etwas größer ist als das linke, als wollte die Natur deutlich machen, aus welch ungleichen Hälften sie dich zusammengesetzt hat. Der Ausdruck dagegen ist unverkennbar der deine: Du blickst unverwandt auf die blinkende Diode der Kamera, auf alles, was da ist und kommen mag, dein breiter Mund erwartungsvoll geöffnet; doch was man auf diesem vielfach geknickten Abzug noch erkennt, ist ein tiefer Ernst, eine Klugheit vor der Zeit, was mich immer aufs neue traurig stimmt. Manchmal nehme ich diesen alten Pullover aus dem Schrank, aber natürlich riecht er nicht mehr nach dir.

SECHS

Was aber, wenn alles zugleich gegenwärtig ist, an unterschiedlichen Orten, zu verschiedenen Zeiten, ohne ein Nacheinander zuzulassen?

Erwachsen, wie man so sagt, wurde ich erst durch dich, nur in meiner Rolle als Vater fühlte ich mich auch stark, ansonsten fehlte es mir an Rückgrat – was der Verleger auszunützen verstand. Erhalten hatte ich bisher für meine Arbeit nur eine kleine Anzahlung, ich hatte auf Pump gelebt und erhoffte mir nun, die Tafeln fertig, den beträchtlichen Rest der in Aussicht gestellten Summe.

Also wartete ich auf einen passenden Anknüpfungspunkt in den zwischen Kunst- und jüngster Geschichte mäandrierenden Ausführungen, mit denen der Verleger Kim überschwemmte; er hielt erst inne, als ich ihre Hand ergriff. Wann sollen meine Arbeiten denn gedruckt werden?, sagte ich – und hätte auch wo oder wie fragen können. Der Verleger zögerte kurz: Das hängt eigentlich von Milans Bruder Dušan ab. Auf jeden Fall aber in diesem Jahr.

Dušan?, erwiderte ich überrascht, weil ich den Verleger für die federführende Person gehalten hatte. Es war das erste Mal, dass dieser Name ins Spiel kam; die Rede war bislang nur von einem Zeitungskonsortium gewesen, das am Verlag beteiligt war. Es ist eine komplizierte Geschichte, versuchte der Verleger zu beruhigen, sah zum Sonnensegel hoch, als müsste er sie sich erst zurechtlegen, und wandte sich wieder Kim zu, als wäre sie der einsichtigere Ansprechpartner.

Milan und sein Bruder stammen aus einer alteingesessenen Familie, die sich für das Referendum eingesetzt hatte. Doch was gelten in diesem Land schon politische Überzeugungen?, meinte der Verleger beinahe entschuldigend. Was zählt, sind Beziehungen, Zugehörigkeiten: Familie eben. Es herrschen Simonie und Nepotismus wie im Mittelalter – mit denen sich jeder nach dem Krieg seinen Ablass erkauft hat. Der Falke fliegt kraft seines Gefieders, heißt es hier, nicht dank seines Fleisches.

Was soll das heißen, ›sich für das Referendum eingesetzt haben‹?, fragte ich. Wie man zu Geld kam, erwiderte er, will heute nur noch der Internationale Gerichtshof wissen. Selbst Verlage gehen seltsame Wege. Auch hierzulande leistet man sich Aushängeschilder wie das unsere, bis man schließlich einsieht, dass der Glanz, den wir bieten, in keinem Verhältnis zum finanziellen Aufwand steht. Sobald man nach ein, zwei Jahren rote Zahlen schreibt, lohnt der Name selbst des besten Hauses nicht mehr. Was uns und solche

Projekte wie das unsere rettet, sind vor allem die Vertriebsmöglichkeiten.

Die Buchhandlungen?, fragte Kim ungläubig. Bei unserem Spaziergang durch die Hauptstadt hatten wir nur eine größere gesehen, und die führte zur Hälfte ausländische Literatur. Nein, gab der Verleger zurück; das Netz von Kiosken, die ehemaligen altösterreichischen Tabaktrafiken, die mittlerweile auch Zeitungen verkaufen. Was Dušan mit seinem Bruder nach der Unabhängigkeit aufgebaut hat, ist ein Imperium geworden, für das sie sich von überall das Know-how holen, Logistik und Betriebsberatung samt den Managern, die nominell solchen Big Shots zu assistieren haben. So aber bringen wir zumindest Kultur in dieses Land – Verlage gab es hier ja kaum, bis die Zeitungen kamen. Und die haben nach dem Vorbild der Italiener Klassikereditionen auf den Markt geworfen, in Form von Beilagen oder Abonnementprämien. Der Vertrieb über die Trafiken ist ein einmaliger Geniestreich – so erzielen wir einen dreißigmal höheren Absatz.

Er las mir meine Reaktion vom Gesicht ab. Man darf kein Snob sein, meinte er; nur so erreichen wir ein Publikum. Während ich noch meine Gedanken zu ordnen versuchte, ernüchtert von diesen Ausführungen, fragte Kim nach, ob dies nun bedeute, dass meine Arbeiten in Form billiger Massenware in Umlauf kämen? Sie sollten nicht von der Vertriebsmöglichkeit auf die Ausstattung schließen, antwortete er; ich zeige ihnen ein paar Exemplare unserer Klassikeredition.

Wozu wollen Sie dann meine Arbeiten?, brachte ich heraus; da hätten Sie doch gleich die Fotovorlagen vervielfältigen können. Das sind doch, stotterte ich, das sind doch… Originale.

Der Verleger zog nur langsam seinen Blick von Kim ab, legte den Kopf auf die Seite und sah mich mit hochgezogenen Brauen an. Sie unterschätzen den Anspruch, den man auch hier an die Künste stellt, antwortete er trocken, stand auf und ging hinüber ins Haus.

Ich habe dir doch gesagt, meinte Kim, dass da etwas faul ist. Das ist die Zigarettenmafia, die hier die Zeitungen finanziert, um damit die Politiker in der Hand zu haben; wenn sie Bücher machen, dann um sich mit fremden Federn zu schmücken. Schau bloß, dass du zu deinem Geld kommst, sagte sie halblaut, da der Verleger elastischen Schritts gerade wieder zurück auf die Terrasse kam, drei dünne Bücher in der Hand schwenkend. Ich blätterte sie lustlos durch.

Wenn Sie das in diesem Format drucken, wandte ich ein, wird von meinen Arbeiten kaum etwas zu sehen sein; dafür sind die Details viel zu fein. Dazu sind die Tafeln auch nicht vorgesehen, gab er zurück; sie sind ein Geschenk für den Präsidenten. Den Präsidenten ihres Konsortiums? Nein, den Staatspräsidenten.

Ich schüttelte ungläubig den Kopf. Was hatte all dies mit dem Staatspräsidenten zu tun? Und warum war man ausgerechnet auf mich gekommen, um ihm Geschenke zu präsentieren? Es gab doch sicher genug kroatische Künstler, die das ebenso gut gekonnt hätten? Auf was hatte ich mich da eingelassen?

Zumindest begriff ich jetzt, weshalb ich einige sehr kuriose Bildtafeln mir völlig unbekannter Sternbilder hatte anfertigen müssen, von dem einen, übergroßen Schaubild ganz zu schweigen. Da war ›Cäsars Thron‹, zu dem Augustus unser Kreuz des Südens erhoben hatte. Am Rande des Schlangenträgers waren die nach dem polnischen König Stanislaus II. benannten ›Stierhörner‹; am Fuß des Orion lag das ›Brandenburgische Szepter‹; und zwischen Cassiopeia und Andromeda stachen die ›Insignien Ludwig des XIV.‹ hervor, die später durch die ›Ehre Friedrichs‹ – Krone und Schwert samt Lorbeeren – übermalt worden waren. In den Klauen des Adlers wiederum hing das Sternbild von Hadrians Bettsklaven Antinoos, der vor dessen Augen in den Nil sprang.

Es ging um Macht. Je verbrämter, desto offensichtlicher. Und immer auch um Schuld, die man wie Hadrian dadurch abzubüßen versucht, indem man sein Opfer nach vollendeter Tat in den Himmel hebt.

SIEBEN

Beim Aufzeichnen ist mir manchmal, als würde ich zu dir sprechen. Eine Antwort erhält man dadurch nicht; es bleibt ein Reden über die Zeit hinweg.

In unserem letzten gemeinsamen Jahr hättest du längst mit dem Sprechen begonnen haben sollen, Silben und aufgeschnappte Wörter so miteinander zu verbinden, wie du einen Fuß vor den anderen zu setzen gelernt hast – doch wenn du deine Stimme hobst, dann nur, um nicht zu schweigen. Ich sah an deinem Blick, den Bewegungen deiner Hand oder wenn du stehenbliebst, dass du jedes meiner Worte verstandst; es war eine Sprache der Augen, die ich von dir lernte, eine Grammatik von Brauen, Lidern und Pupillen, die hunderte von Dingen umfasste, um eines auszudrücken: das Bedingungslose der Liebe. Dein Babbeln aber gabst du deshalb nicht auf. Du maltest Laute in einem ganz eigenen Ton, verschliffene J's, stimmlos kehlige H's; ich hörte das Fragende, Trotzige, manchmal Tröstende heraus. Du warst nicht stumm, nein: verstummt.

Alle Mütter reden offenbar mit ihren Kindern einen Ton höher und singen; deine jedoch kannte, zumindest vor mir, nur noch diesen abgehackten Tonfall, der hart auf allem bestand, herrisch fordernd, vorwurfsvoll. Dass ich alles schweigend schluckte, änderte nichts, sie ließ deswegen nicht ab davon, obwohl du alles mitanhören und mitansehen musstest. Hast du dich deshalb geweigert, deiner Mutter Sprache zu sprechen? Die Schuld an deinem Mutismus, wie die Ärzte es nannten, gab deine Mutter natürlich mir und meinem schädlichen Einfluss, der dich hindere, richtig sprechen zu lernen.

Was sie dich dagegen lehrte, war, den Schnuller in den Mund zu stopfen; obwohl sie dir längst nicht mehr die Brust gab, solltest du weiter an einem Nippel saugen. Weil ich ihn dir wieder abnahm, hatte ich schließlich eine ganze Sammlung davon, in den verschiedensten Ausführungen und Farben. Irgendwann einmal jedoch legten du und ich sie in eine Schachtel; ich knüpfte ein rotes Band darum, grub ein Loch im Garten, du warfst sie hinein, und während wir einen Kriegstanz um dieses Grab vollführten, streutest du mit deinen kleinen Händen Erde darüber. Du wusstest genau, worum es ging.

Ich drängte dich nicht, erwartete und verlangte wenig, lobte dich viel, und merkte, dass wir vor allem beim Spielen an den Anfang einer Sprache kamen, die mit Ausrufen begann, Stoßseufzern, Lustschreien, dem Stöhnen eines Körpers, der sich verausgabt und um Atem ringt… Wenn du toben konntest, warst du frei; du warst gerne auf der Schaukel, sprangst lieber noch auf dem Trampolin und hattest es am liebsten, wenn ich dich in die Höhe warf: als würde dich das von einem inneren Druck befreien.

Du warst das schweigende Kind. Ich bildete mir ein, dass du stumm bliebst, weil du nicht die Sprache deiner Mutter benutzen wolltest, keines der Wörter, die durch ihren immer schriller werdenden Ton verzerrt wurden. Deshalb suchte ich nach anderen, eigenen, erfanden wir uns eine Sprache, gleichsam einen amazonischen Dialekt – und miteins wurden auch für mich die Dinge anders, begann ich sie so zu sehen wie du; sie wurden runder, lagen mir in der Hand, ich konnte sie fast anfassen, war mitten unter ihnen mit dir. Brot nannten wir ›bek‹ und das Auge ›spu‹; ›pata‹ war für dich ein Mann, aber auch Warmes und Weiches, ›noa‹ alles Duftende – es entstand ein ganzer Dschungel aus Worten, grün und schattig, ich saß auf einem entwurzelten Stamm, du auf meinem Knie, und wir benannten, was wir ringsum sahen: flatternde und kreischende Paradiesvögel, die Blätter der fleischigen Orchideen, jeder Laut eine weißliche Blüte.

Dieses Bild malte ich mit breiten Pinselstrichen von uns beiden, dein feuerfuchsfarbenes Haar, dein Kopf leuchtend in ursprünglicher Unschuld, wir beide in einem erträumten Garten Eden, von dessen Blätterdach der Regen immer zur selben Nachmittagsstunde auf uns herabfiel, jener, in der ich dich wieder zu deiner Mutter zurückbringen musste.

In diesem Schauer nahm deine Haut einen goldenen Schimmer an; doch wo ich sonst ein naturgetreuer Maler sein konnte, gerieten mir deine Proportionen seltsam ungelenk, der Ausdruck in deinem Gesicht strenger als bei einem Kind üblich: Nicht dich habe ich gesehen, sondern abgebildet, was ich in dir sehen wollte, worüber mir deine Gestalt misslang. Das Missratene ist bezeichnend: Um dich so portraitieren zu können, wie du wirklich bist, hätte ich selbstloser sein müssen – der Blick unverstellt vom Eigenen, das sich so oft dazwischenschiebt.

Musterst du mich deshalb so vorwurfsvoll, weil ich das getan habe, was niemand ungestraft tun darf: deine Liebe zu deiner Mutter in Frage zu stellen? Indem ich mich damit im Recht glaubte, habe ich versucht, dich auf meine Seite zu ziehen, eingefordert, was einem nur geschenkt werden kann, und dadurch das einzig Heilige verraten. Meine Selbstsucht war nicht geringer als die deiner Mutter, nur anders: auch sie hat dich zweigeteilt. Und nirgendwo ist meine Eifersucht deutlicher als in diesem Bild: sie ist es, die deine Züge so verzerrt.

ACHT

Für einen Körper zieht man Linien, die so gewöhnlich sind wie unsere alltäglichen Wörter, umrandet man sie mit Kohle oder Rötel; für das Fleisch jedoch bedarf es der Farbe.

Die Hand ist klüger als das Auge; das habe ich bereits bei deiner Mutter gemerkt. Was ich an ihr mochte, wenn sie uns Modell stand, war ihr Auftreten, dass sie kein Make-up nötig hatte, scheinbar uneitel war in ihren Kleidern: sie hingen an ihr herab, zu weit, untailliert, nur drapiert, um etwas zu verhüllen. Der Ton ihrer Haut aber war nicht weiß, nicht rot, noch gelb, ein unbestimmbares Inkarnat.

Auf dem Seziertisch werden wir uns alle einmal gleichen, ob Greis oder Mädchen, eine einzige offene Wunde, doch von einer Haut umschlossen, die sich bei jedem Atemzug verändert, unseren Gefühlen anpasst, errötend und wieder erbleichend, als wäre sie die Seele, die sich im Fahlen aufhellt. Auf der Behelfsbühne unserer Klasse versuchte ich sie mittels Farbe zu fassen, vergeblich: kaum mischte ich ein wenig

Blau in die milchige Lasur, wurde sie kalt wie Marmor; und das Rot der Alten Meister wandte sich mir beim Trocknen ins Dunkle.

Und so starrte ich auf deine Mutter, dann wieder auf das entstehende Bild, bis mir die Augen brannten und es mir abseitig vorkam, sogar blasphemisch, diese Vorstellungen eines zu erweckenden Körpers. Er weigerte sich ohnehin, Fleisch zu werden, blieb grau oder pastös weiß, die Leinwand eine porige Epidermis, die die Farbe aufsog und fettig wurde, ohne die Blässe der Haut wiederzugeben; gleich welche Pigmente ich auftrug, ich überzog ihre Blessur nur mit Schminke.

Irgendwann begann ich deshalb bloß noch Schweiß und Pusteln zu malen, das Schuppige und Schorfige, ihre winzigen Narben und Verletzungen, und darüber wurde sie plötzlich greifbar, zeichnete sie sich auf dem Leinen ab, eine Erinnerung körperlichen Schmerzes, einem Schweißtuch gleich.

Bis mir etwas richtig bewusst wird, dauert es oft Monate, Jahre, in denen ich wie desorientiert agiere, von scheinbarer Offenheit, doch unschlüssig ob des einzuschlagenden Weges, *déboussolé*, wie mein Lehrer sagte: Du drehst dich wie eine Magnetnadel, die sich von allem ablenken lässt; richte doch endlich nach deinem Stift, lass dich von deinem Pinsel führen!

Als dunklen Kern, so stellte ich mir mein Ich vor: in sich kreisend und voll unzugänglicher Gefühle. Von welcher Natur sie waren, merkte ich immer erst dann, wenn sie ausbrachen: dabei aber wusste ich wirklich die meiste Zeit nicht, was in mir vorging.

Das merkte deine Mutter. Aber sie glaubte auch, ich hätte etwas von ihr erfasst, etwas unter der Haut, sonst hätte sie mich wohl kaum an sich herangelassen, wäre sie so abweisend geblieben wie bei allen anderen, die ihr nachstellten.

Aber wie mir das Herz im Halse klopfte, als ich mich das erste Mal mit deiner Mutter traf! Wir hatten uns an den Kais verabredet und gingen, gingen über die Dämmerung hinaus, den Fluss entlang weit in die Nacht, und wenn ich damals glaubte, irgendwie erhört zu werden, mich wie so oft für unwürdig hielt, weiß ich heute, dass mein altmodisches Hofieren die Leere in ihr füllte und sie meine Unsicherheit als Versprechen begriff, ihr alles zu erfüllen.

Wir sprachen über ihre Eltern, die frühverstorbene Mutter, die bald durch eine alte Bekanntschaft ersetzt worden war, den Vater, einen Änderungsschneider, der sich bis über den Kopf verschuldet hatte, seinen Stolz, im selben Haus wie Gustave Eiffel geboren zu sein, all die Seltsamkeiten einer Familie: wir schritten den Stationenweg unserer Biographien in dem Glauben ab, er würde uns in Freie führen. Und so landeten wir schließlich im Marais, wo sie einen Dachboden bewohnte, den ihr ein amerikanischer Künstler überlassen hatte, der damals hoch im Kurs stand ob seiner Installationen aus Stahl und Neonröhren.

Es war ein einziger großer Raum, Küche, Badewanne und Klo freistehend darin, ein riesiges Mobile an der Decke und meterhohe Leinwände hintereinander an die Wand gelehnt, die ich mir gleich besah. Reines Informell, nichts Figuratives. Damit konnte man leben, wenn man über einen guten Galeristen verfügte und der Preis der Werke nach dem Quadrat- und Kubikzentimeter berechnet wurde; ein Parvenü, dachte ich mir. Dass deine Mutter für diesen ›Dan‹ kein gutes Wort übrighatte, bestärkte meine spontane Abneigung; mir war klar, dass sie ihm nicht nur Modell gestanden hatte.

Es war so spät geworden, dass es längst abgemacht schien, dass ich neben deiner Mutter übernachten würde. Keiner von uns zog sich aus, dennoch schmeckten wir uns, tasteten nach der Haut und dem Fleisch unter den Kleidern. Und in diesem lauten Atmen, Mund an Mund, zeigten wir unser wahres Gesicht, hinterließen auf dem Laken einen Abdruck, von jenem Schmerz gezeichnet, den deine Mutter bald darauf von mir verlangte.

NEUN

In einem ähneln sich Bilder und Geschichten; beide kaschieren sie die Zufälligkeiten, mit denen sich isolierte Punkte zu scheinbaren Konstellationen verbinden.

Die steigende Sonne drückte mir auf die Augen, dass ich gegen das Licht die Adern meiner Lider sah und helles Lachen hörte. Eine Katze lag an der Mauer, ihr feines Fell wie magnetisiert, die Spitzen rötlich leuchtend. Meine Schritte schreckten sie auf; ich ging ihr nach in den Garten, wo eine Schaukel rhythmisch quietschte, und sah Milan und ein Mädchen. Nach jedem Schwung fing er das Brett ab, legte sich ihr blau gepunktetes Kleid beim Aufschwung wieder eng an, der Rücken gleichsam vom Wind getragen. Er nickte mir zu, ich lächelte zurück und ging weiter ins Haus, in die Küche: eine Bank um einen schweren Bohlentisch, ein befeuerter Herd, eine werkelnde alte Frau, in der Ecke ein Fernseher gleich neben dem Kruzifix. Ich wusch mir das Gesicht mit kaltem Wasser und ging wieder auf die Terrasse.

Ich sagte gerade zu Kim, verkündete mein Verleger, dass Dušan am Nachmittag kommt, um Ihre Bildtafeln persönlich in Empfang zu nehmen. Unwillkürlich sah ich auf die Uhr an meinem Handgelenk. Wir werden uns die Zeit bis dahin schon zu vertreiben wissen; ich habe Ihnen ja eine Führung durch den Weinkeller versprochen. Er kam einer Antwort zuvor, indem er wie nebenbei meinte, ob ich so freundlich wäre, für ihn kurz etwas zu erledigen. Er sah Kim an, als hätten sie dies bereits abgesprochen; sie aber hob nur die Augenbrauen. Es wäre auch in Ihrem Interesse, setzte er hinzu.

Ich sah ihn überrascht an. Er lächelte breit: Pekunien, Pekunien! Ich hoffe, Sie haben nichts dagegen einzuwenden, wenn Sie sich Ihr Honorar selbst von der Bank abholen? So sind hier die Gepflogenheiten. Auf meinen erstaunten Blick hin beschwichtigte er mich: Milan wird sie fahren; wenn Sie wollen, noch vor dem Essen. Es wird keine Stunde dauern. Und dann fügte er, gleichsam nebenbei, hinzu: Bei der Gelegenheit können Sie gleichzeitig auch die Summe abheben, die uns das Konsortium für Ihr Projekt zur Verfügung gestellt hat – man wird Ihnen alles problemlos auszahlen, klopfte er mir auf die Schulter. Die Kunst muss leben! Mit einem diplomatischen Lächeln bekundete ich meine Zustimmung; wir waren ja schließlich des Geldes wegen hier.

Ich stieg in den Geländewagen und nahm am Beifahrersitz Platz. Milan trug jetzt eine ärmellose Jägerweste, deren rechte Tasche sich tief ausbeulte. Auf meinen Blick hin zog er eine Handfeuerwaffe heraus und legte sie neben sich auf die Konsole. Sie scheinen einen gefährlichen Beruf zu haben, meinte ich auf Englisch. Er knurrte nur: Transport.

Mir war unwohl. Alles kam mir von Minute zu Minute unwirklicher vor, und wie immer, wenn ich den Halt zu verlieren glaube, versuchte ich durch eine Bemerkung, ein Lächeln eine Art Komplizenschaft herzustellen. Er grinste zurück, ließ das Fenster auf seiner Seite herunter und drückte auf den CD-Spieler. Opernmusik erklang, irgendetwas Bekanntes; er tippte zuerst den Takt mit, sang dann lauthals dazu, um mir schließlich mit der Rechten den Einsatz für die zweite Stimme zu geben, sein Adamsapfel auf und nieder gehend. So fuhren wir hinein in eine Stadt, die bis zum Zentrum aus Plattenbauten, Glas und Plastikschildern bestand, breiten Obst- und Gemüseauslagen, ausladend mit Zeitungsfächern behangenen Kiosken; es war eine einzige große Avenue mit einem Mittelstreifen von abgestorbenen Sträuchern, zwischen denen sich der Müll anhäufte. Die Ortsgeschwindigkeit nie überschreitend, hielt Milan schon bei Gelb, die Linke am Lenkrad, seine Augen starr nach vorne gerichtet und weiter die Arie intonierend, trotz des unablässig hupenden Verkehrs, dass jeder, der neben uns zu stehen kam, rasch den Kopf abwandte.

Dann standen wir vor einem alten k.u.k. Amtsgebäude, das ärarische Gelb längst abgeblättert, der Doppeladler über dem Tor zerfressen und der Verputz aufgeplatzt neben immer noch frischen Einschusslöchern. Innen war es angenehm kühl. Ich hatte eine Schalterhalle erwartet; stattdessen kamen wir zu einem Häuschen, in dem ein Faktotum Zeitung las, ohne uns zu beachten. Milan klopfte mit der flachen Hand an die Scheibe; der Pförtner sah uns nur kurz an und steckte dann den spitzen Finger in die Wählscheibe eines uralten Telefons aus Bakelit.

Darauf schritten wir eine breite Marmortreppe hinauf und einen Korridor entlang, die meisten Lampen ausgebrannt, die Wände schwarzschimmlig bis zur hohen Decke. Ohne weitere Anstalten trat Milan in ein schmales Büro. Ein billiger Schreibtisch, eine Untertasse voll zerdrückter Kippen, ein ausgemergelter Mann im schwarzen Rollkragenpullover dahinter und ein gusseiserner Tresor; nur die verblichenen langen Vorhänge und das gerahmte Portrait des Staatspräsidenten glänzten.

Stumm, doch äußerst formell wurde mir der einzige Stuhl angeboten. Der Offiziant holte ein Register aus der Schublade und füllte sorgfältig die obersten Zeilen mit roter Tinte aus, zog mit dem Lineal einen Strich und richtete sich mit steifem Rücken wieder auf. Dann werkelte er am Rad des Panzerschranks, holte einen schwarzen Aktenkoffer aus Plastik heraus und legte ihn auf den Tisch. Er drehte das Register um, schob es mir zu und legte einen Kugelschreiber daneben. Ich zögerte. Das gab mir Zeit, die sechsstellige Zahl, die ich da geschrieben sah, in Euro umzurechnen; es kam eine ganz ordentliche Summe heraus, mehr als ausreichend für die Druckkosten und mein Honorar. Milan griff sich den Koffer, ohne ihn zu öffnen. Alles schien abgesprochen, ich drehte mich um zu ihm, er nickte zustimmend, also unterzeichnete ich.

Unten auf der Straße gingen wir wieder zurück zu unserem Parkplatz. Kaum ums Eck gebogen, drückte Milan mir jedoch den Koffer in die Hand und lief los. Wie angewurzelt klammerte ich beide Hände in einer lächerlichen Geste um die Aktentasche, während ich ihn auf der anderen Seite einen Passanten stellen und am Hemd packen sah; ein paar schnelle Armbewegungen und der kleine, schwarzhaarige Mann hielt sich schreiend den Kopf. Dann kam Milan langsamen Schrittes zurück. No worry, meinte er und pochte auf die Tasche, die ich weiter an mich presste.

Als wir schließlich im Auto saßen und uns wieder in den Verkehr einreihten, lehnte der Misshandelte an einem blauen Fiat; er drückte eine Hand auf das linke Ohr, Blut ihm über die Wange laufend, die Hemdschulter bereits getränkt davon. An ear for a… zrcalo, meinte Milan wegwerfend. … Seitenspiegel, übersetzte ich mir im Stillen.

Wie hatte ich den Hundsstern gemalt? Am Himmel ist er der hellste Punkt, eisig weiß. Dennoch war er stets der rote Stern, rot wie der Rost, der nach seinem Aufgang die Ähren befiel, rot wie das Fieber, das sein Niedergehen brachte, rot wie die Wolfswut, die er verursachte. In der Nacht vor meinem Fenster in changierenden Farben flackernd, beginnt er erst an der Kammlinie bronzen zu funkeln; dennoch gleißt er weiter weiß durch alles Rot.

ZEHN

Schau, die Plejaden: ursprünglich ein Sieb, durch dessen Löcher die Nacht einsickerte, hat man in ihnen auch eine Handvoll Saatkörner, eine Taubenschar oder ein Segel erkennen wollen. Und obwohl mit freiem Auge bloß sechs Sterne zu erkennen sind, heißen sie überall Siebengestirn: der siebente bist du.

An die ersten Wochen mit deiner Mutter entsinne ich mich nur undeutlich. Was jede Erinnerung überlagert, ist ein blaues, breit abgegriffenes Samtband auf dem chinesischen Kästchen am Bett, daneben eine spiralförmig aufgerollte Schmuckschnur aus feinen Messingdrähten, eine Stearinkerze und ein kleines Fläschchen aus braunem Glas mit einem schwarzen Drehverschluss, das Wundalkohol enthielt. Das meiste aber ist eher verschwommen: vielleicht noch das Bild des Bistros, wo wir mit den Arbeitern mittags an einem rotkarierten Tisch saßen.

Ich habe den Rest verdrängt, weil alles für mich auf diese, wie soll ich sagen, Utensilien fixiert war. Denn kaum dass wir mehr voneinander kannten als den

Geruch und Geschmack unserer Körper samt den wenigen Einzelheiten über unsere Familien, bat mich deine Mutter – nein, es war keine Bitte; sie forderte mich geradeheraus dazu auf, meine Bereitwilligkeit wie selbstverständlich voraussetzend: nachzuhelfen. Und ich wusste sofort, was sie meinte.

Assiste-moi, hatte deine Mutter gesagt und mir die Innenseite ihres Armes hingehalten. Dieser Moment samt dem Blick ihrer Augen entschied über alles. Ich kann nicht sagen, dass ich einwilligte, weil ich insgeheim eine Lust gespürt hätte, die ihrer vergleichbar gewesen wäre; vielmehr war es Neugierde, Überraschung, das Unerwartete. Ich habe all die anderen, zweifellos glücklichen Erinnerungen verdrängt, weil mich das, was sie immer öfter von mir erwartete, zunächst anwiderte und es Zeit brauchte, bis ich es aus Liebe zu ihr tun konnte. Sie dagegen brauchte es, um loszulassen, ihre Haut fühlen zu können; der Schmerz verlieh ihr ein Hier und Jetzt und bahnte für sie erst die Empfindung von Lust an, bannte ihre Gedanken ins Fleisch. Verzeih mir, dass ich dir das alles jetzt erzählen muss, aber ich kann nicht anders, will ich bei der Wahrheit bleiben.

Es begann zunächst harmlos, indem sie die Kerze anzündete und mir hinhielt, damit ich heißes Wachs auf ihre weiße Haut tropfen ließ, den Rücken hinunter bis auf ihr Geschlecht, das zwischen ihrem hellroten Schamhaar aufklaffte. Sie wollte auch gefesselt werden, zunächst nur an den Handgelenken, manchmal auch die Brüste abgeschnürt haben, die Messingschnur umwickelt mit dem blauen Band, damit bei ihrer nächsten Sitzung keine Druckstellen sichtbar waren. Bald aber verlangte sie von mir, ihr ins Gesicht zu spucken, ein Akt der Erniedrigung, zu dem ich mich nur schwer überwinden konnte, mein Mund viel zu trocken, jede Erektion längst faltig verschrumpft. Bis sie schließlich geschlagen werden wollte, mir genaue Instruktionen gebend, auf welche Weise keine Male zurückblieben. Danach musste ich mich in ihrem Nacken festbeißen, die Schneidezähne im Hals, das war das einzige, was mir leichtfiel – die angestaute Wut über diese Demütigung meiner selbst loszulassen, das Blut hochschießend in mir, dass dabei auch mein Glied wieder hart wurde. Es war ein Ritual, das mit dem Desinfizieren einen Abschluss fand: das Brennen in der winzig aufklaffenden, blutenden Haut ließ ihren Atem stoßweise tiefer gehen, selbstvergessen in dem Maß wie ich mich innerlich wieder davon löste.

Blickte ich ihr danach ins Gesicht, kamen mir jedesmal die vielen ›Fabiolas‹ in den Sinn, die mein Freund Louis auf Flohmärkten sammelte, all die voneinander abweichenden Kopien eines verschollenen Originals mit den changierenden Rottönen des Kopftuchs, das das Antlitz bis auf ein schmales Profil verhüllte. Damals verstand ich nicht, weshalb sich mir diese Assoziation aufdrängte. Jetzt sehe ich darin das Körperliche sich vervielfältigen, unzähligen Kopien gleich, die ein Original immer wieder übermalen, um es damit auszulöschen. Vor allem aber erkenne ich in einigen dieser Heiligenbildchen nun das Gesicht deiner Mutter, in jenen Kopien nämlich, die Louis selbst anfertigte. Oder wie er es ausdrückte, auf einem der vielen Zettel, die er gerne bei mir im Studio liegen ließ, damals, als wir noch nach dem ›Ungreifbaren‹ suchten:

> aufrütteln das voreingenommene, befangenes wachschütteln – aus dem gleichgewicht bringen – offen für den augenblick – die leuchtspur eines anderen blicks, von innen.

Und so trockneten die scharlachroten Tropfen in dem Stoff, mit dem ich ihren Nacken abtupfte, zu einem schmutzigen Braun und ließen mit ihrem Strichwerk ein Bild entstehen, das deiner Mutter ähnlicher war als alles, was sich zeichnen ließ: das Gesicht der blutflüssigen Veronika; ein Sudarium.

So unterschiedlich wir auf all dies reagierten – indem wir etwas außerhalb der Norm taten, band es uns aneinander. Ich aber merkte viel zu spät, dass ich es war, der gefesselt wurde, während deine Mutter gleichsam geheilt schien, selbstsicher, fröhlich gar, wenn auch für kurze Zeit. Ein Paar wurden wir darüber nicht.

Deine Mutter ertrug Nähe schwer; ich war stets nur ein Gast, dem sie nach drei Tagen die Tür wies, um mich schon bald durch sehnsüchtige Telefonate wieder zurückzubitten. Eine eigene Wohnung musste ich deshalb all die Zeit behalten; sie gestand mir bei sich keinen Raum zu. Von ihrer Eifersucht will ich gar nicht reden: ein Frauenname genügte, selbst wenn es sich nur um einen beruflichen Kontakt handelte, damit ihr der Zorn in den Kopf stieg, während ich das Interesse an anderen Frauen längst verloren hatte. Dass sie mir nicht vertraute, erschien mir umso absurder, glaubte ich doch, ihr meine Liebe bewiesen zu haben, durch meine Ausdauer, durch all die Liebesbeweise, die ich mir einfallen ließ, durch die Lust nach diesen wöchentlichen Versöhnungen, die alles vorige durch ihre Intensität vergessen machten.

Doch je größer der Bauch deiner Mutter wurde, desto weniger durfte ich sie berühren. Weil wir nicht mehr in einem Bett schliefen, wanderte ich von ihrem Sofa langsam wieder zurück in meine Garçonnière, die mir auch als Atelier diente, während ich noch immer nach einem Haus für uns drei zu suchen begann, obwohl ich nicht gewusst hätte, womit es bezahlen. Bis mich deine Mutter eines Tages, da warst du neun Monate alt, vor die Tür setzte; sie benötige Bedenkzeit.

Erstaunlicherweise brauchte ich nur wenige Wochen, um die Konditionierung, die jede Liebe hinterlässt, wieder abzustreifen. Kaum wurde deiner Mutter jedoch klar, dass ich nicht mehr zu ihr zurückkommen würde, sie zu weit gegangen war, ihr Hinauswurf nicht den letzten Widerstand in mir gebrochen, sondern mich vielmehr an mich selbst erinnert hatte, brachte sie ihren Antrag auf das alleinige Sorgerecht ein. Der Beschluss nahm mir schließlich nicht nur alle Rechte als Vater, nein: ich durfte dich dazu kaum noch sehen. Und so lief ich von Pontius zu Pilatus, zum Jugendamt, zu den Sprechstunden bei Gericht, bis ich mir schließlich einen Anwalt nahm.

Du kannst es in den Akten nachlesen, all mein vergebliches Bemühen. Ich wollte dir später einmal in die Augen schauen können und sagen, dass ich alles getan hatte, um dir den Vater zu erhalten. Und so schluckte ich meinen verbliebenen Stolz und kämpfte um dich, während ich mich fragte, wie deine Mutter, in den Worten des antiken Dichters, *sternenkalt prangend* die Qual ihrer Tochter ertragen konnte.

Es waren drei qualvolle Jahre, in denen deine Mutter es nicht zu kümmern schien, dass du mich zusehends weniger von deinen fremden Betreuern unterscheiden konntest, dass du jedesmal den harschen Tonfall ihrer Stimme hören musstest, mitansahst, wie die Tür vor mir zugeschlagen wurde. Ich versuchte auf alle erdenklichen Arten ihr Vertrauen in mich als Vater zu erlangen, durch kleine und große Gesten: indem ich mich zu den unmöglichsten Zeiten für dich zur Verfügung stellte, freiwillig das doppelte dessen zahlte, was ich an Alimenten hätte zahlen müssen – sogar indem ich ihr zeigte, dass ich ihre eigentlichen Beweggründe verstünde…

Doch die Gesprächsangebote, die ich ihr machte, schlug sie aus, und der Widerstand, den ich ihr leistete, bestärkte sie nur. Du solltest ihr Kind sein, ihres allein; deine bedingungslose Liebe verschaffte ihr endlich die Möglichkeit einer Hingabe, die sie sonst noch niemandem je zu erweisen vermocht hatte. Ihr ewig sinkender Selbstwert pegelte sich durch dich ein; in dem endlich überfließenden Wasser sah sie sich widergespiegelt als *Mutter mit ihrem Kind*, und dieses Bild durfte durch nichts mehr getrübt werden.

Ah – wie platt sind sie, all diese Redensarten, die mir anfänglich noch Trost spendeten, weil sie einem vor Augen führen, dass man weder der erste noch der einzige ist, dem es so ergeht. Es sind Stehsätze, die nichts bewirken, Gemeinplätze, Säulenreste einer zertrümmerten Welt.

Meine Kassiopeia ist deshalb ein bestürzendes Bild geworden; zur Strafe in die Stille versetzt, ihr Thron am Himmel gekippt, dem Spott ausgesetzt. Bleibt mir nur zu wünschen, dass irgendwann ein Perseus kommt, der dich, ihr Kind, vom Fels befreit, so wie auch Kim mich einmal in ihre Welt zu holen versuchte. Doch davon besitze ich nur noch das Notizbuch einer Reise.

ELF

Dies ist aus jenem Heft, in dem ich einmal festhielt, was ich dachte, glaubte; die Aufzeichnungen meiner ersten Flucht.

Beim Empfang kam ich neben ihr zu sitzen. Musiker brachten mit Hämmerchen ihre Xylophone zum Klingen; Tänzerinnen reckten weiß geschminkte Gesichter vor, Augen groß und schwarz umrandet, schlängelnde Arme, die uns hingestreckt und mit schneller Geste wieder zurückgezogen wurden.

Sie beachtete mich nicht; stattdessen schlug sie eine Kladde auf und notierte sich etwas mit winziger Schrift. Erst in der Pause wechselten wir ein paar Worte und stellten uns vor. Ich war für drei Wochen auf Bali, um einen Katalog der Bilder von Walter Spies anzulegen, Kim, weil sie das Museum für diesen deutschen Künstler mitgeplant hatte.

Am dritten Tag sah ich sie bereits überall: an einer Säule lehnen, aus einer Tür treten, mit ihren Sandalen über das Gelände laufen. Doch da war es längst schon zu spät: wir hatten einander gesehen, geschaut, was uns ein Schattenspiel offenbart hatte.

Das eine Mal lud ich sie ein, das andere Mal sie mich; jedesmal aber verschwand sie mitten im Satz. Nichts, was wir ansprachen, führten wir auch zu Ende; weil ich dumm war, glaubte ich deshalb, wir hätten einander nichts zu sagen.

Spätestens um zehn Uhr abends war die Stadt tot. Unsere Hotels lagen weit außerhalb, und ich marschierte jedesmal zu Fuß zurück durch das Viertel mit den Steinmetzen, die untertags Köpfe, Bäuche und Glieder von Göttern aus Basaltblöcken schlugen. Im Dunkel dachte ich an die Frau, mit der ich lebte und wieder nicht, an unser Kind; und die Luftwurzeln der Banyanbäume mit ihren obszön roten Fäden streiften mir übers Gesicht.

Im Zimmer ließ ich das Licht aus, um die Stechmücken draußen zu halten, holte mir ein Bier aus dem Kühlschrank und setzte mich an die Einfassung des in die Reisfelder gebauten Schwimmbeckens.

Kim hatte über ihrem rechten Knöchel vier Leberflecke. Sie sahen aus wie eine Tätowierung. Da war etwas, worüber es sich nicht reden ließ und was wir dennoch voneinander zu wissen schienen: als läge es uns auf der Zunge, ohne der Worte zu bedürfen. Und noch etwas: Kim roch wie eine eben aufgeschnittene Papaya.

Morgens dann machte ich jedesmal vergeblich den Umweg durch das Viertel mit den Steinmetzen, in der Hoffnung, Kim vorher, scheinbar zufällig, zu begegnen. Auf den Altären brannte Rauchwerk zwischen Frucht- und Blumenschalen, Bambusstangen mit schmalen Fahnen davor. Auf den ersten Blick schienen sie wie Angeln ohne Haken und Köder, oder wie Federn, mit denen man die Sohlen der Götter kitzelt, um sie zum Herabsteigen zu bewegen.

Spätestens um 10 Uhr waren wir bei der Arbeit und stolperten dauernd übereinander. Sie hängte und richtete das Licht ein, ich notierte und fotografierte. Es blieb bei halben Sätzen, nur dass sie nunmehr die andere Hälfte antippten. Schließlich ergriff ich die Gelegenheit. Auf meine Frage erwiderte sie, sie sei auf Java geboren, wohne jetzt aber in Paris. Dass wir in derselben Stadt lebten, schien fast zuviel der Vertrautheit.

Spätestens um 17 Uhr trennten wir uns, erneut so, als würden wir uns nicht kennen. Bis Mitternacht war es zu schwül, um zu schlafen, die Nacht laut vom Quaken, der Himmel schwärzer als das Wasser, in dem er sich spiegelte, der Mond eine aufgedampfte Silberschicht. Ich dachte immer öfter an Kim mit einem Verlangen, das so körperlos war wie der von den Furchen der Reisfelder aufsteigende Dunst.

Einmal traf ich sie im Privattempel eines verstorbenen Künstlers, den man den ›Dali von Bali‹ nannte, weil er dieselbe Art Schnurrbart und Zigarettenspitze affektiert hatte und ein ebenso großer Schürzenjäger gewesen war; nur seine Bilder waren noch greller. Um dem Anlass der Gedenkfeier zu entsprechen, stellte man seinen Malerstuhl, einen goldenen Thron, vor die Pagode. Dem Wunsch des Meisters gemäß wurden darauf von verschiedenen Honoratioren seine Gedichte verlesen, auf dass er ›auch jetzt unter uns weilen und uns mit der Schönheit seiner Gedanken erfreuen könnte‹.

Ich wanderte auf dem Anwesen herum und suchte Kim. Ich fand sie weder vor dem Foto des Meisters mit Michael Jackson, das dessen Unterschrift trug, noch vor dem Bogen am Treppenaufgang, um den sich dicke rote und goldene Linien schlangen und rankten – dem Prospekt zufolge der Welt größte Signatur. Schließlich begab ich mich zum Buffet, wo ich zwischen australischen Villenbesitzern und amerikanischen Flitterwöchnern stand.

Urplötzlich stand Kim neben mir. Ich wollte ihr erst die rechte Hand geben, mit der ich den

Teller hielt, dann die linke mit dem Weinglas, und schluckte schließlich mit Mühe den letzten Bissen hinunter, um ihr zu sagen, dass sie heute Abend sehr schön sei. Das sei sie auch sonst, gab sie zur Antwort.

Bei der Veranstaltung, mit der das Museum schließlich inauguriert wurde, wiederholte sich alles: Gamelan und Buffet, Reden und Konversation.

Am nächsten Tag glaubte ich Kim längst fort. Mir selbst war keine Zeit geblieben, die Insel zu erkunden; um wenigstens etwas erzählen zu können, kaufte ich mir einen Reiseführer. An der Kasse bekam ich einen pinkfarbenen Notizblock Marke ›Periplus‹ gratis dazu.

Im Museum angekommen klopfte Kim mir von hinten auf die Schulter. Ich war so froh und überrascht, dass ich das auch sagte. Sie setzte sich auf eine Bank, zog die Beine an und spielte mit ihren Zehen.

Da sie mich unverwandt musterte, borgte ich mir ihren Stift und malte auf die erste Seite meines kleinen rosa Blocks: *Kim Jung's Notebook – Of Nighttime, Wide Awake, And Daybreak Thoughts.*

Ich sah sie noch einmal in Jakarta, beim Umsteigen, von ferne, worauf ich in ein Internetcafé ging und ihr folgende Zeilen schrieb:

Die Liebe ist ein Gott, der einem auf der Schulter sitzt. Doch sobald er auf den Boden und laufen will, wird er so quengelig wie ein Kind. Sich zu wundern, weshalb er erscheint, ist so zwecklos wie die Frage, wo oder wem er sich zeigt. Ich kann nur sagen, dass er mich mit einem rosaroten Stift Kringel in einen rosaroten Block malen ließ, während er dir mit zwei Fingern über die Ferse streifte. Und dann bist du wieder in deine Sandalen geschlüpft und verschwunden. Die Liebe ist ein Gott, der einem auf der Schulter sitzt, und er hat hundert Namen und noch mehr Gestalten.

ZWÖLF

Das war ich, vor wenigen Jahren noch. Was am Ton solcher Sätze ist es, dass alles einfacher scheint, als es ist? Als käme es nur darauf an, womit man beginnt, wo man Kommata setzt und wie weit man mit Worten gehen will.

In Paris war es noch warm genug, dass die Marmortische auf der Straße blieben, die Schatten von Kanne, Tasse, Glas und Löffel von der Sonne nunmehr ausgezehrt, dass sie unwirklich erschienen.

Dort sahen Kim und ich uns wieder, im immer selben Café, unter dem durchsichtigen Vorwand, uns über unsere Arbeit auszutauschen. Eigentlich aber, als gäbe es zwischen uns eine Übereinkunft, über deren Natur ich lieber im Ungewissen blieb – bis Kim in das metallene Körbchen auf dem Tisch griff und mir sagte, dass ich für sie nach diesem Brot da schmeckte, warmem Brot, dem Weichen unter der Kruste. So roch ich nur für sie; ich habe an mir noch nie einen Geruch feststellen können.

Wozu Kim sich hingezogen gefühlt haben musste, war wohl das Ich jener Jahre, eines, das bereit zu allem war, offen, voll unentfalteter Möglichkeiten. Warum sonst hätte sie an mir Interesse zeigen sollen? Sie war es, die wusste, wo Linien zu ziehen und Grenzen zu setzen sind, während ich im Grunde erst jetzt den Unterschied erkenne zwischen der Liebe zu einem Kind und der Liebe zu einer Frau, was Liebe ist, jenseits bloßen Begehrens und diesseits des treuherzigen Verlangens eines Kindes.

Es war seltsam genug. Ich hatte ihr Avancen gemacht, ohne letztlich zu wollen, dass sie zu irgendetwas führten – um nun mein immer fremder werdendes Leben vor ihr auszubreiten. Doch Kim bedrängte mich nicht, sondern hörte mir zu, ohne viel von sich preiszugeben, sodass anfangs schwer zu sagen war, ob sie sich langweilte oder bloß spröde gab. Mich nahm an ihr vor allem ein, dass sie sich nicht im geringsten daran stieß, dass ich Vater war, und sie mir Raum ließ, mich langsam aus den Verstrickungen mit deiner Mutter zu lösen.

Diese meine erste Auslandsreise hatte etwas in mir aufgebrochen und freigelegt: Kim zu sehen bedeutete an einer mir bislang unbekannten Leichtigkeit festzuhalten. Sie setzte mein Leben in ein anderes Licht, ermöglichte eine Distanz, so wie man bei einem Bild manchmal zurücktritt, um es besser wahrnehmen zu können.

Indem ich Kim gegenüber mein Leben mit deiner Mutter in immer ausführlicheren Gesprächen darstellte, war ich gezwungen, mich als Protagonisten darin zu sehen, wurde mir meine bisherige Passivität bewusst. Ich kam von diesen Treffen selbstbewusster zurück und nicht mehr jeder Aufforderung deiner Mutter um Zuwendung unverzüglich nach. Sie reagierte mit Abweisung, ohne zu merken, dass sie mir damit eine Tür aufstieß, die ich von selbst nie geöffnet hätte. War ich mir doch nicht bewusst, dass sie wirklich die Macht hatte, mich von dem zu verstoßen, was mir am liebsten war.

Der sich auftuende Spalt in meiner bis dahin völlig abgeschlossenen Welt genügte, sie ins Wanken zu bringen. Wie unabhängig davon, gewann in mir etwas Gestalt, das ich seit meiner Kindheit unterdrückt hatte, ein tiefes Sehnen, das ich nicht mehr zu stillen wusste. Bereits wenn ich Kim unter den Passanten auf mich zugehen sah, durch die Fächer von Licht, die durch das Parkgitter fielen, überkam es mich mit ungeahnter Intensität, dass ich nicht anders konnte, als es für wahr zu halten. Saßen wir uns dann gegenüber, wiederholte ich innerlich immer nur einen Satz: ich will dich, ich will dich… Mein Mund formte tonlos diese drei Worte, im selben Mutismus befangen wie du, wobei es mich alle Kraft kostete, sie nicht auszusprechen, dennoch aber voller Hoffnung, Kim könne mir diesen stummen Wunsch von den Augen ablesen.

Was aber sah ich wirklich in ihr? Gerade der Direktheit wegen, die sie stets an den Tag legte, glaubte ich bei ihr eine mir wohlbekannte Unerfülltheit erkennen zu können: sie erschien mir wie ein eben fertiggestelltes Haus, durch dessen Fenster man jemanden gehen sieht, der prüfenden Blickes die Arbeiten begutachtet, die Schritte von den kahlen Wänden und dem Betonboden widerhallend. Ich wünschte mir damals nichts inständiger, als es gemeinsam mit ihr einzurichten, Bilder aufzuhängen, die ich noch nicht gemalt hatte, aber immer schon hatte malen wollen.

Habe ich bei Kim diese Hoffnung geschürt, weil ihre bloße Anwesenheit meine Verzweiflungen erträglich machte? Worüber ich mich jedoch täuschte, war über mich selbst. Was da in mir am Wachsen war, brauchte Zeit – Zeit, in der sich alles wandelt, Zeit, in der auch wir beide zueinander gefunden haben würden.

Ich wünschte, ich hätte mich wenigstens einmal als einheitliche Person empfinden können; stattdessen erschien mir mein Ich stets diffus, eine Substanz, deren Aggregatszustände wechseln, um einen Körper auszufüllen, einem Gas gleich, das sich bei Kälte als Wasser niederschlägt und dann brüchig wird wie Eis. Was meinem Ich als einziges Konstanz verlieh, war weder eine Liebe noch meine Arbeit, sondern du. Was immer mich sonst ausmachen mochte: wenn ich dich sah, wusste ich, wer ich war.

DREIZEHN

In jeder Geschichte wiederholen sich tausend andere Geschichten; selbst jene, die wir für die eigene halten, weicht bloß geringfügig von dem ab, was vor uns bestand und uns bestimmt.

Von sich zu sprechen, was bedeutet das schon? Nichts. Wenn man je etwas hören wollte, dann von den Göttern, so sie zu einem sprächen, von der Natur, so die schroffe Felswand eine Sprache hätte, dem Himmel, den sich darin auftürmenden Wolken, allem, was nun meinen Fensterrahmen hier ausfüllt, so belanglos fern, scheinbar. Wie vermessen deshalb zu glauben, ein Modell brächte irgendetwas davon zum Vorschein, verliehe den eigenen Vorstellungen Gestalt, könnte einem gar als Muse dienen.

Nicht sie ist es, die man zeichnet; man wird von ihr gezeichnet. Alle Kunst ist letztlich nur eine Spielart der Notzucht: wenn die Musen einem etwas eingeben, dann indem sie über einen kommen, vereinnahmen und vergewaltigen, ihre Worte aus einem herauspressen. Und dafür schob ich noch Geld nach jeder

Sitzung ins *Cornet*, einem zu einem spitzen Tütchen zusammengerollten Papier. Ich bezahlte sie dafür, dass sie stundenlang in einer Position verharrte, vermeintlich erstarrt in einem Augenblick ewigen Werdens, der doch bloß ein beliebiger Moment blieb.

Das Schöne ist stets eine Täuschung: es bereinigt, glättet und zieht dort Linien, wo alles sich verschlingt und ineinander übergeht. Deshalb hätte ich auf meiner Seite bleiben sollen, im sicheren Rahmen der Sitzungen, in ein paar Metern Abstand: die gesetzten Grenzen respektieren, statt deiner Mutter zu nahe zu kommen, und sie mit anderen Augen betrachten als mit diesem gewaltsamen Blick für das Blinde, Taube, Stumme. Von dem deine Mutter noch viel weniger loskam, weil sie es spüren musste, um sich lebendig zu fühlen. Denn es waren Qualen, die sie von mir verlangte, in immer wieder anderen Choreographien. Lust hieß für sie, ihren ewigen Schmerz zu bezwingen. Doch wenn sie sich von mir erst an den Bettpfosten fesseln ließ, lieferte sie sich nur scheinbar aus, denn verfallen war ich ihr. Mit jedem Tropfen heißflüssigen Wachses auf ihrem Rücken rötete sich die Haut um diese Sternenmale; in mich aber brannte es sich ein.

Ah, dieses Pathos; und wie viele Entsprechungen... doch was die verschiedenen Perspektiven auf die Liebe, die unterschiedlichen Ansichten eines Ichs miteinander verbindet, bleibt mir ein Enigma, das ich nicht zu lösen vermag. Ich sehe darin bloß eine Geometrie der Leere; Tod. Etwas, das mir so rätselhaft ist wie das Wort ›unverbrüchlich‹.

Zumindest eines jedoch änderte sich nach dem Tag, an dem der Arzt uns endlich verkündete, dass die künstliche Befruchtung geglückt war. Während einer der nun regelmäßig erfolgenden Kontrollen an deiner Mutter ging ich in den Louvre und erblickte dort, gleichsam zum ersten Mal, Caravaggios *Auferweckung des Lazarus*. Ich sah das Drama, den sehnig ausgemergelten Körper in Kaskaden von aufleuchtenden Stoffen und Tüchern, Licht vom Dunkel geschieden, den davon ausgehenden Verwesungsgeruch, den seine Schwestern nur kraft ihrer Trauer ertragen; doch sobald der Brustkorb sich hebt, seine Lungen sich wieder füllen, wenige Sekunden nur nach dem von Caravaggio festgehaltenen Moment, werden sie seinen Atem wieder auf ihrem Gesicht spüren.

Und so begann ich erneut, deine Mutter zu zeichnen, mit hungrigeren Augen denn je, schwarz auf weiß, Tusche auf Papier, diesmal jedoch ihren werdenden Körper, den sich erst rundenden, dann schwellenden Bauch. Sie nahm nun eine andere Mitte ein: sie rührte an rote Äpfel in einer Schale, die allzu nah an der Tischkante standen; an Brot, das gerade in Scheiben geschnitten worden war; einen auf den Nagel gehängten Mantel, der noch weiterzuschwingen schien; an halb geöffnete Türen, durch die man Bettpfosten, einen halben Rücken gewahrte.

Mein Galerist wollte nichts davon haben; dennoch

machte ich unbeirrt weiter, über deine Geburt hinaus. In der Not nahm ich zwar den Kopierauftrag an, zeichnete aber weiter wie unter Zwang: ich musste einfach aufnehmen, was ihr Gesicht ausdrückte, es war zu drängend, um es zu ignorieren. Und endlich, noch vor deinem ersten Geburtstag, und kurz vor dem Ende bereits, fühlte ich, dass ich soweit war, dass ich genug gelernt hatte.

Diese letzte, allzu kurze Zeit zu dritt blieb ich dabei: nur die vier oder fünf Farben, die euch beiden gerade entsprachen, ohne jeden Vorwurf auf die Leinwand geworfen, jeweils nur den einen Tag daran arbeitend, um das festzuhalten, was ich sah und fühlte, hier und jetzt, in einem Gitter von Pinselstrichen und möglichen Linien, ohne das Gedächtnis oder die Imagination bemühen zu müssen. Das Unmögliche wollte ich einfangen, das Leben abbilden, jeder Punkt ein Wurf, ohne zu wissen, was man trifft, wie nahe man ihm kommt, diesem Unerreichbaren, deiner sich stets entziehenden Mutter. Euch anzusehen, deine Mutter, wie sie dich in ihren Armen wiegte, brach mein Leben auf.

Der einzige, der es merkte, war Louis. Damals wanderten wir stundenlang durch Paris, spielten Schach, rauchten, tranken, sein Profil mit seiner scharfen Adlernase wie mit Silberstift gezeichnet… Ich habe noch den Zettel, auf den er mir schrieb:

> wieder das undurchdringliche belagernd, auge
> und hand nach unselbst fiebernd – die hand un-

aufhörlich das auge verändernd, das unabsehbar seinen blick wechselt – hin und her zwischen ausfallstoren – waffen ruhend im raum – dann, stillstand.

VIERZEHN

Manchmal denke ich, die eigentliche Wahrheit zeigt sich erst in den Fratzen und Krakeleien, die ich abwesend an den Rand dieser Seiten kritzle.

Angehalten von meinem Arzt, widme ich mich diesen von ihm abverlangten Aufzeichnungen. Er wirft meist nur schnell einen Blick auf die gerade angefangene Seite, um mich dann mit Belanglosigkeiten zu ermuntern, eine Übung, offenbar allein dafür gut, den mich Tag und Nacht peinigenden Gedanken Form zu verleihen. Sich auf meine Art von Wahrheit einlassen will er nicht; sie erscheint ihm offenbar zweitrangig, wenn nicht gar unwesentlich: ihm liegt vielmehr daran, dass ich meine Sätze um Bilder ordne, Konturlinien fortführe und sie zu einem Ganzen vereine, einem Profil. Dennoch irrlichtern sie weiter in meinem Kopf, entzünden mein Denken, sitzen wie Knochensplitter im Hirn.

Wenn er mehr davon verstünde und seine Lehrmeinungen nicht so zur Schau stellen würde wie die Schmuckrücken seiner Bücher im Besprechungszimmer, dann wüsste er, dass er von mir damit genau jene Art von Allegorien einfordert, die ich bis zu meinem Zusammenbruch gemalt habe, im Dunkeln kreisend. An manchen Stellen scheint mir das vielleicht zu gelingen, obwohl ich den Kugelschreiber weit linkischer halte als einen Kohlestift oder die Rötelkreide. Allzu oft jedoch lenke ich bei diesen nunmehr zum dritten Mal kopierten, korrigierten und umformulierten Sätzen durch Bildsprünge und verschobene Metaphern von der einen Wahrheit ab: der Gewalt in mir.

Der Sarkasmus, den deine Mutter mir oft genug vorgehalten hat, ist noch der mildeste Ausdruck davon, denn die Lust, das Fleisch von den Knochen zu schaben, ließ sich ja noch mit meiner ›Kunst‹ rechtfertigen. Der Vorwurf, ich wäre zynisch, war schon weniger einfach zu entkräften, da ich nichts von dem malen wollte, was unserer Zeit als ›Wert‹ galt, angesichts des Nichts, und deine Mutter sich zusehends mehr im Leeren gemalt sah, ihr die äußerlichen Ähnlichkeiten nicht mehr genügten, weil sie sich nun durch meine Bilder entblößt fühlte.

Vor dem Fenster meines Zimmers liegt jetzt ein arktisches Wolkenfeld, Kluften darin wie Gletscherspalten, in den Rissen dahinter sichtbar die graue salzige Flut des Meeres, ein an der glasigen Sonne im Bruch begriffener Schelf, Schollen sich abspaltend davon, vorübertreibend, auf die Berge zu.

›Angesichts des Nichts‹ habe ich geschrieben, und erneut mittels dreier unscheinbarer Worte eine anmaßende Aussage zu verbergen versucht, die allzu leicht ins Gegenteil verkehrbar ist: denn in Anbetracht der Leere verlieren die Werte ihre Anführungszeichen und jedwede Scheinheiligkeit. Das jedoch verstand ich erst, als du zur Welt gekommen warst und ich dich an meine Brust drückte, dir leise vorsang und du mich arglos anlächeltest.

Mir wurde bewusst, dass ich nur in dir auflebte, mehr als ich es bislang vermocht hatte, ja: dass ich weiterleben würde in dir. Es war ein Zustand der Unschuld, in den du mich versetzt hast. Er ließ all meine zuvor gehegten Bedenken unnötig erscheinen, Befürchtungen, die wohl jeder werdende Vater hat, wenn er sich nicht vorstellen kann, was mit einem Kind anfangen: den lieben langen Tag nur lalelu – bereits ein Blick in deine Augen genügte und wir verstanden uns sprachlos, dein Vertrauen bedingungslos und ich dir damit ausgeliefert.

Deine Augen sahen in den ersten Wochen kaum ein Armlänge weit; das Blinde darin aber war nun in mir und bestimmte mich: um dich zu schützen, hätte ich mich ohne Zögern vor einen Zug geworfen, mein Leben für deines gegeben. Es ist eine Selbstlosigkeit, die ich zuvor nicht gekannt habe, eine Unschuld, die mich ausfüllt wie das sich in Kolken sammelnde Wasser in jenem Tal, zu dem wir unsere Ausflüge unternahmen.

Dass ich diese Unschuld zu bewahren suchte, hat

alle Schuld bedingt: als wäre sie so widernatürlich, dass sie um sich nur Blindwütigkeit hervorbringt. Eine andere Erklärung habe ich nicht angesichts der Gewalt, die immer wieder zwischen mir und deiner Mutter ausbrach.

Ich will mich davon nicht ausnehmen. Trotz aller Schwäche bin ich stets geschickt darin gewesen, Unentschiedenheit und Nachgiebigkeit vorzutäuschen, war mein Masochismus oft auch manipulativ. Erbrachte ich ihn etwa nicht als Vorleistung, um aufgrund dessen dann eine Bringschuld erzwingen zu können? Ich gab immer schon dort klein bei, wo es mir wenig bedeutete, um damit zu erreichen, was ich wollte. Ließ ich deshalb nicht ab von meinen Vorstellungen einer Familie, den illusorischen Plänen eines Hauses, um damit die moralische Überlegenheit über deine Mutter zu gewinnen? Was sie dann umso aggressiver werden ließ. In der Unschuld liegt stets auch ein Anspruch auf Macht, in der Schwäche auch die Rechtfertigung für jedwede Rache.

Umso mehr hast du mich überrascht, immer wieder. Wieviel Mitgefühl du hattest, während deine Mutter und ich nicht mehr dazu fähig waren. Wie tröstend du deine kleine Hand auf die blutende Wunde gelegt hast, die mir ein Ast am Arm aufgerissen hat. Oder wie zutraulich du dich Tieren gegenüber zeigtest, den Kühen und Pferden, Hasen und Hunden, während mir ihr Geruch und ihr Fell absonderlich fremd blieben, als ob sich der Tod so anfühle.

Um ihn zu bannen, habe ich dir die nächste Konstellation gemalt – einen von den Verzierungen auf einem jahrtausendealten ehernen Schild entworfenen Kosmos: Erde und Meer, eine unermüdliche Sonne, der Mond in vollem Glanz und die Sterne, mit denen das Himmelsgewölbe sich krönt. Um den allem wehrenden Metallbuckel drehen der pfeilbewehrte Orion und die Bärin sich ewig weiter im Kreis, einander misstrauisch beäugend, auf dem Ringstreifen darunter eine Stadt, durch deren Gassen Frauen zur Hochzeit geführt werden, während man in einer anderen Gericht abhält…

Die Farben strahlen in metallischem Glanz; es scheint der Entwurf von etwas Idealem. Wie also hätte ich es nicht als Omen auffassen sollen, das Alpha und Omega dieses Kosmos auch das deine? Ob du dieses Bild heute irgendwo in deiner Wohnung hängen hast? Die Mitte siehst, die ich darin gelassen habe, den unsichtbaren Pol, um den sich die zwei Sternbilder drehen? Dich darin erkennst?

FÜNFZEHN

Jede Geschichte hat ihre Mitte in dem Punkt, in dem sie ins Gegenteil umschlägt; dennoch ist alles bereits im Anfang angelegt.

Müsste ich den Moment benennen, an dem die Dinge ihre Kehrseite zeigten, wäre dies meine Rückkehr aus Indonesien. Die Katalogisierung eines mir fremd gebliebenen Malers abgeschlossen, wollte ich ebenfalls ein neues Kapitel beginnen.

Die Unabhängigkeit, diese gleichsam selbstverständliche Unbeschwertheit, mit der mich Kim angezogen hatte, kannte ich auch von deiner Mutter – als Gefühl der Allmacht nach den vielen Versöhnungen unseres ewigen Streites, nachdem alles gesühnt und eine Liebe ohne Schmerz möglich wurde, unsere Münder jeden Zentimeter unserer Körper ableckend wie Katzen, die Finger die Vertiefungen nachtastend, dem Nassen und Weichen unter dem Fell, um erst genug voneinander zu bekommen, wenn wir der majestätischen Gleichgültigkeit dieser Tiere wieder anheimfielen.

Doch eben vom Flughafen das erste Mal in der Tür, voll des Begehrens, das eine lange Trennung verstärkt, und von Kims Duft aufgereizt, begegnete mir eisige Stille, von dem dein Babbeln im Hintergrund sich desto deutlicher absetzte, als wollten deine Lippenlaute endlich in eine gemeinsame Sprache übersetzt werden. Und so redete ich erneut von einem Haus für uns drei, von einer Familie und ihrem Unterhalt, in einem Esperanto, das bei deiner Mutter auf taube Ohren stieß: sie bestand weiterhin auf getrennten Wohnungen, Alimenten und festgelegten Besuchszeiten. Ich ließ nicht locker, erklärte, was mir keiner Erklärung zu bedürfen schien, beschwichtigte und räumte aus, ohne mehr als Schweigen zur Antwort zu erhalten. Bis deine Mutter mehrere Tage mit dir verschwand, ohne dass ich erfuhr wohin, und mir zum ersten Mal wirklich bewusst wurde, wie sehr ich dich vermissen konnte.

Als deine Mutter wieder erschien, würdigte sie mich keines Wortes, kaltäugig wie jede Katze, mit dir noch im Tragesitz auf und ab gehend im Raum, leise ein Lied surrend, während die Röhren des Mobiles über unseren Köpfen klirrend gegeneinanderschlugen. Ich wollte dich riechen, an mich drücken und aufwachen sehen und gestand deiner Mutter, mit welch körperlicher Verstörung ich deine Abwesenheit empfunden hatte.

Dich in einem Tuch um die Brust gebunden, wollte ich nun durch unser Viertel spazieren, stolzer Vater sein und als solcher gesehen werden – doch das stieß bei ihr auf Ablehnung. Ich achtete erst gar nicht darauf, nahm es als übliche kratzbürstige Geste des Widerstands, der danach verlangte, überwunden zu werden, und streckte meine Hand aus nach dir; deine Mutter aber presste den Tragesitz, in dem du noch angegurtet warst, an sich, mit einer Panik bereits, die über jede begreifliche Verlustangst hinausging.

Ich sagte, dass ich ihre Erlaubnis nicht nötig habe und wurde vor den Kopf gestoßen, sagte, dass du ihr nicht gehören würdest, ein Kind kein Besitz sei und bekam einen Ellbogen in die Rippen, sagte, dass es jetzt genug wäre und zog die Trage zu mir, um in eine Ohrfeige zu laufen. Trotzdem ließ ich nicht locker; und so zerrten wir beide an dir. Ich wollte deiner Mutter in die Arme fallen, sie jedoch entriss dich wieder meinem Griff – und da wusste ich, noch bevor ich es richtig verstand, dass ich euch beide verloren hatte, dass alles nur eine Illusion gewesen war, die Hinnahme des über all die Jahre hingenommenen Zwistes vergeblich, der Glaube an ein gutes Ende ein Trugschluss, die Liebe bloßgestellt als Täuschung.

Ich warf deine Mutter aufs Bett; es überkam mich, stieg hoch über den Rücken in den Kopf und legte sich mir rot über die Augen. Ihr den Tragesitz entreißend, drückte ich sie erst nur nieder, um mich gegen ihre Schläge zu wehren, bis ich mit den Fingern ihren Hals umschloss und sie zu würgen begann, Daumen und Zeigefinger unter dem Kiefer, so wie sie das stets von mir verlangt hatte, um kommen zu können, ihr Kopf über die Bettkante hängend, der Mund heiser *jetzt jetzt jetzt* flüsternd, um mich zutiefst zu demütigen, weil ich mich darin vergessen fand. So drückte ich ihr nun die Luftröhre zu, Fingerspitzen und Nagelkanten in die Kehle grabend, und es stieg eine blinde Lust in mir auf, die immer heftiger wurde, eine solche Mordgier, als wäre sie ein Leben lang nur unterdrückt worden, um ihr nun endlich nachgeben zu können: *Jetzt Jetzt Jetzt,* die Lippen zurückgezogen, die Zähne zusammengebissen, Luft ausstoßend, fauchend, die Augen zusammengekniffen, dass sie brannten. Ich fühlte mich breiter, größer, die Muskeln lang gespannt, sehnig zu einem Satz gestreckt, um meine Fänge in ihren Hals zu schlagen, erfüllt von einer Körperlichkeit, die nur mehr reißen wollte, sich in den Nacken verbeißen, Krallen scharf in die Flanke, der Geschmack in meinem Rachen immer galliger, im Hochgefühl des Blutes, um in diesem Brand alles auszulöschen, jede Erinnerung zu tilgen und alle Zukunft. Zugleich aber verachtete ich mich dafür, dass ich an einem solch bitteren, dunklen Gefühl Gefallen fand, einem Fallen, bei dem ich hilflos um mich schlug, ohne Halt zu finden, die ätzende Spucke deiner Mutter in meinem Gesicht, für die ich sie umso mehr hasste: als ich dich plötzlich hörte. Und sah, dass deine Augen offen standen.

Zwischen den Nebelbändern ist der Himmel so grau wie die Dächer des Dorfes, der Schorf des Schnees rissig auf den Flühen, der Fels diese Grundierung durchbrechend, weiß hervorstechend der Kirchturm, dessen Glocken mich jeden Morgen wecken. Mein Zimmernachbar hat im Garten gerade Besuch bekommen, er sitzt mit seiner Frau auf der Bank, sie schaukelt den Kinderwagen, und plötzlich habe ich den Anfang jenes Kinderliedes im Ohr, das mir seit Jahren nicht aus dem Kopf geht, die Worte so leer wie der Blick hinaus, unbeteiligt an allem, dass es keinen Unterschied macht, was ich aufs Papier setze.

Es war nicht das erste Mal, dass zwischen deiner Mutter und mir eine Gewalt Raum griff, die eine andere Bedeutung hatte als die auf das Bett beschränkte, wo sie ein bloßes Hilfsmittel blieb, um die Abwehr des Körpers zu überwinden, ein Utensil gewissermaßen wie die Vibratoren und Plastikphalli, um mehr als nur sich selber zu spüren: ein Nadelstich, der die Selbstheilungskräfte anregt, wie deine Mutter mir einmal erklärte. Doch die Wunde, die diese Aggression bei mir hinterließ, entzündete sich durch die Eifersucht deiner Mutter zu einem Eiterherd.

Dabei war der Anlass egal; sie las heimlich meine alten Briefe und hatte auch das Passwort zu meinem E-Mail-Konto herausgefunden. Dass ich ihr nie untreu werden würde, wusste sie; aber solange die bloße Möglichkeit bestand, musste sie zwanghaft jeden Verdacht für sich ausräumen – indem sie ihn an mir auslebte. Sie traf mich damit ins Mark und verstand es, meinen Stolz zu beugen. Das griff auch auf meine Arbeit über. Dass mir eine andere Modell stand, genügte bereits, ganz zu schweigen von einem Abendessen mit Freunden, die ihre Frauen mitbrachten, ohne dass ich sie deiner Mutter zufolge mehr als nur hätte begrüßen dürfen. Ihre Furcht, sich zu verlieren, nahm in dem Moment überhand, wo meine Aufmerksamkeit sich nicht mehr uneingeschränkt auf deine Mutter richtete.

So nachvollziehbar es einerseits und lächerlich es andererseits sein mag: es wurde zum Auslöser all unseren Unglücks. Unsere Beweggründe sind meist banal – werden wir darauf reduziert, reagieren wir im Übermaß. Du einmal auf der Welt, in ihrer Welt, hielt mich deine Mutter fern von dir, entzog dich mir, zog sich zurück mit dir in eine Symbiose, in der ich den Kern ihres Wesen erkannte: nun warst es eben du, die deiner Mutter jene ungeteilte Hingabe zukommen lassen musste, die für sie lebensnotwendig war, und dies ohne den Harm und Gram, den jede Liebe zwischen Mann und Frau naturgemäß nach sich zieht. Jetzt, mit dir, brauchte sie mich nicht mehr; ich wurde zur Gefahr, da sie aus ihrer Schwäche heraus fürchtete, dich an mich zu verlieren. Und so band sie dich an sich, keinem vernünftigen Wort mehr zugänglich, eine Madonna mit ihrem Kind, die nunmehr ihrer inneren Stimme folgte, unantastbar in ihrer Gloriole, die Magd des Herrn, seit du ihr verkündet worden warst.

SECHZEHN

Ich vermag nur Linien zu ziehen; die Punkte finden, wo sie sich schneiden zu einem Anfang und einem Ende, musst du.

Das Chloral, dessen Einnahme jeden Abend überwacht wird, hinterlässt denselben laugenden Geschmack wie der Zorn, mit dem ich mir damals die Wangen zerbiss. Es versetzt mich in einen traumlosen Tiefschlaf, dass ich beim Aufwachen noch lange betäubt bleibe, was mir an den Tagen, an denen ich nicht schreibe, recht ist – alles, was das Einsetzen der ewig um das Eine kreisenden Gedanken verzögert, was mich ablenkt, selbst das Essen im Speisesaal, dem Refektorium dieses ehemaligen Klosters, wo man, ich weiß nicht, warum, nur das Besteck, nicht aber die Teller in einem Steintrog voll schmutzigen Wassers abzuwaschen hat. Die Bekanntschaften, die man hier schließt, zerstreuen mich, jene mit meinem Zimmernachbarn etwa, einem alten Lehrer, der nicht mehr die Kraft zu unterrichten aufbringt; ein ›Chronischer‹, wie er hier genannt wird. Anders als ich, darf er hinaus; er bringt mir von seinen Ausgängen die Zeitung mit: er ist mir Freund geworden, dem ich, seiner Diskretion sicher, vieles von dem anvertrauen kann, was ich sonst nur zu Papier bringe.

Meine eigentlichen Freunde haben sich dagegen von mir abgewandt. Wer dies nicht schon dank deiner Mutter getan hatte, die keinem von ihnen Sympathie entgegenbrachte, weil sie auch in ihnen Konkurrenten sah, drehte mir spätestens im Laufe der Ermittlungen den Rücken zu – außer Louis. Er hatte mit mir die Akademie begonnen, in der Klasse, in der ich deiner Mutter begegnet war, und besuchte mich nun auch hier: er bereitet mir damit jedesmal ein Fest, und das, obwohl ihn bereits da seine Ängste quälten. Ich wusste ja nicht, dass er da schon das erste Mal versucht hatte, sich umzubringen; er selbst stellte es mir gegenüber als reinen Unfall dar, nachts, eine breite Ausfallstraße und ein Lastwagen, der ihn streifte …

Bis auch er ankündigte, dass dies nun das letzte Mal sein würde. Steifer als sonst, verlangte er, ihn nicht zu unterbrechen. Er erzählte mir von sich und deiner Mutter, ohne dass ich dabei vorgekommen wäre, als traue er sich nicht, etwas näher an- oder gar auszusprechen, um diesen Monolog mit den Worten zu beschließen: Ich bin eigentlich gekommen, um dir das Warum zu erklären; aber ich kann es einfach nicht. Ich fragte ihn nicht, was er damit meinte; in dem Moment, in dem wir uns einem Fatum ausgeliefert sehen, haben Gründe keine Bedeutung mehr. Ihm hinterherrufen, ihm schon unserer alten Freundschaft wegen nachgehen, hätte ich sollen; dass ich es nicht tat, war meine Art der Vergeltung. Sein Suizid war da wohl schon geplant, obwohl nicht einmal die Frau, mit der er zu der Zeit zusammenlebte, ahnte, dass er bald darauf ins Wasser gehen würde, die Pulsadern offen, die Manteltaschen mit Steinen beschwert.

Auch dass Kim mir keine Visiten mehr abstattet, verschafft mir seltsamerweise Erleichterung. Ich muss ihr nicht mehr in die Augen sehen und kann allein sein. Ihr gegenüber brächte ich nicht mehr die Kraft auf, meine Zerrissenheit zu verbergen.

Ich bin das Gefühl nie losgeworden, dass Kim meiner offenkundigen Schwächen wegen insgeheim auf mich herabsah; dass sie mir keine Vorhaltungen machte, verschlimmerte alles noch. So entstand zwischen uns eine Distanz, die ich trotz der Zeit, die wir zusammen verbrachten, selten richtig einzuschätzen vermochte. Ich brauchte lange, um zu verstehen, dass sie mir bei einem Spaziergang nur ungern die Hand gab, auch im Schlaf nicht berührt werden wollte, sie dies als unangenehm, wenn nicht gar als Nötigung empfand: für sie war Liebe etwas, das ihr Raum gewährte und Luft verschaffte, Seite an Seite, mit einer Selbstverständlichkeit, die das Körperliche gerade deshalb als Lust verspürte, weil es der Wärme nicht wirklich bedurfte. Ich dagegen konnte damit nur schlecht umgehen. Dass man Kim in der Öffentlichkeit ihrer dunklen Haut, glänzend schwarzen Haaren und schmalen Augen wegen des Öfteren als gekaufte Frau einschätzte, als Katalogbraut, die sich durch eine Heirat mit mir eine Aufenthaltsgenehmigung verschaffte, erfüllte mich deshalb wohl, das muss ich gestehen, mit einer gewissen Befriedigung: so erwuchs mir zumindest in den Augen anderer Macht über sie.

Ich selbst starrte Kim an, ohne mir bewusst zu sein, was ich eigentlich sah. Dass alles verfließt, in Worte ausufert, sich verlierenden Gedanken, würde ich allzu gern der Medikation zuschreiben, auf die man mich gesetzt hat: doch sie lähmt nur, was sonst an der Oberfläche ineinander übergeht und verschwimmt. Da ist eine Grenze, die ich nicht hätte überschreiten dürfen, niemals.

Alles, was ich bis dahin getan habe, vor dieser Grenze zurückschreckend und dennoch angezogen davon, war noch auf die eine oder andere Weise zu rechtfertigen gewesen; wenn ich schon nicht das Recht auf meiner Seite hatte, dann wenigstens das Mitgefühl derer, die mich kannten. Doch da ich unfähig, nein: unwillig war, mich meiner Situation zu stellen und mich damit abzufinden, geriet ich in einen Maelstrom, der mich anfangs nur unmerklich erfasste, um mich dann desto tiefer zu ziehen, hinab zu einer dunklen Mitte, die mich nicht mehr loslässt, jeden Morgen verzweifelt nach Halt greifend, obwohl es längst keinen Ausweg mehr gibt, nur Ausflüchte.

Denn wenn ich etwas entscheiden hätte müssen, dann an jenem Tag, als die Sonne erst halb am Himmel stand, die Trauben violett unter den Blättern, Milan hinten bei seinem Kind, wir mit dem Verleger am Tisch, der Abdruck unserer Lippen und Finger an den Gläsern milchig im Licht: aufstehen hätte ich sollen und mit Kim gehen, statt mich dem Lauf der Dinge zu überlassen.

SIEBZEHN

Das Bild, das ich ohne nachzudenken von Kim im Kopf trage, ist das eines Gesichts von ebenmäßigen Proportionen, doch blank wie ein Blatt Watermann: ihre Brauen, die Nase, der Mund ein geschwungenes Schriftzeichen darauf, die Tusche mit kleinen Pinseldrehungen auf dieses Papier gesetzt, ein Ideogramm, das ich nicht auszudeuten vermochte.

Nunmehr auf der anderen Seite stehend, sehe ich mich erst selbst. Ich weiß noch gut, wie es mir erging, als Kim mich portraitieren wollte: was mich augenblicklich kopfscheu machte, war die Aussicht, selber gezeichnet zu werden.

Bei meiner Arbeit fühlte ich mich stets in mein Modell übergehen, sein Doppelgänger werdend – ich verlor mich, Leib und Seele, in der Konzentration darauf, um hernach umso befreiter atmen zu können. Selbst jedoch für ein Portrait sitzen zu müssen verunsicherte mich. War dieses Lächeln, das sich starr über mein Gesicht zog, noch natürlich? Verhielt ich mich wie jemand, der unbedingt gefallen wollte? Am liebsten hätte ich die Augen geschlossen, um wenigstens einen Teil von mir nicht preiszugeben, wenn Kim mich nicht, kurz und knapp jedesmal, aufgefordert hätte, diesen oder jenen Ausdruck anzunehmen, ihr unbeirrbar sanfter Blick auf mir: ich fühlte mich wie ein Schmierenkomödiant auf der Suche nach einer Rolle.

Kim hatte die Staffelei in der Ecke unseres Wohnzimmers aufgestellt und stand mit dem Rücken zum Fenster, von dem ich auf die Plakette sah, die das Haus gegenüber als einstigen Sitz von Lavoisiers Laboratorium auswies. Die Sitzungen dauerten, doch dabei redeten wir, wie wir es lange nicht mehr getan hatten, über unser Leben, so als hätten wir beide keine Vergangenheit, über langsam zu präparierenden Reis und wie sie am liebsten mit mir schlief, über meine augenblicklich sichtbare Erektion erfreut, lachend über unsere Bekannten und die Wahlverwandtschaften, die sie eingingen, die gleichsam chemischen An- und Abstoßungskräfte von Paaren, ohne über die Zukunft zu reden, weil sie so selbstverständlich schien, und ich mich zurückhalten musste, keine gutgemeinten Ratschläge zu erteilen für ihr Bild, das sie danach jedesmal mit einem Tuch bedeckte, damit ich es erst am Ende sähe.

Während ich mich irgendwie beschämt fühlte, stellte ich an ihr eine ungewohnte Unsicherheit fest, eine von Sitzung zu Sitzung gesteigerte Nervosität. Sie hätte meine Ähnlichkeit getroffen, meinte sie, bräuchte aber noch Zeit, um ihr mehr Intensität zu verleihen, bis sie das Bild schließlich mit in ihr Büro nahm, wo sie abends daran weitermalte, aus dem Gedächtnis. Die nächste Zeit vermieden wir jede Erwähnung davon. Sie sagte, es müsse sich noch mehr entfalten; sie habe es inzwischen leicht verzerrt, um das darin Verhohlene besser zum Vorschein zu bringen; um alles abzuschließen, benötige sie nur noch eine einzige Sitzung – zu der es jedoch nie kam.

Als ich aber, ich weiß nicht mehr, aus welchem Anlass, in ihrem Studio erschien, die Stiege hoch in den ersten Stock, erblickte ich es, hinter ihr an der Wand über dem Sims hängend, längst vollendet. Ich war mehr als konsterniert: es war ein Schock. Nie zuvor hatte ich ein so melancholisches Portrait gesehen. Ich wandte mehrmals meinen Blick davon ab, starrte Kim an, wie sie da auf ihrem Drehsessel hockte, den Bleistift in ihrem Haarknoten, die Arbeitsplatte mit dem Winkellineal vor sich, darauf der Grundriss irgendeines Bauwerks, um dann wieder auf diese Kopie meiner selbst zu starren. Und bei jedem Mal erschien es mir noch trister als das Nachbild, das mir gerade noch vor Augen stand, so pathetisch wie lächerlich, bis ich schließlich die Fassung verlor und wortlos zur Tür hinausging.

Jetzt hängt das Bild über meinem Bett, ein Akt mit schlaffen Muskeln, halb zweifelnd und halb aufbegehrend, die Spachtel in der einen Hand, der Daumen der anderen durch die Palette gehakt, einem zweiten Phallus gleich. Die Irritation, die es auslöst, ist ungebrochen. Dass das Portrait technisch weit entfernt davon ist, perfekt zu sein, bleibt unerheblich; gerade seine Makel verstärken den Effekt.

Wenn ich mich entscheide, es dir einmal zu überlassen, dann damit all die Vorstellungen, die du dir von mir gemacht haben wirst, die Erinnerungen, die dir noch geblieben sein mögen, durch dieses Portrait aufgehoben werden. Sollst du mich wirklich so sehen, durch die Augen eines anderen, wo ein Bild doch weit endgültiger ist als alles, was ich formulieren könnte? Und die Wahrheit nur dem zumutbar, der sie auch zu verantworten hat?

ACHTZEHN

Geschichten täuschen darüber hinweg, dass sich ihre Zwangsläufigkeit erst im Nachhinein ergibt; in Bildern hingegen stehen die Figuren nebeneinander, getrennt und dennoch gleichzeitig.

Es war irgendwann nach Mittag, dass Milan und ich wieder zurück zum Gutshaus zurückkehrten. Kim schien sich gerade angeregt mit dem Verleger zu unterhalten; dieser leichte Stich Eifersucht schmälerte jedoch nicht das Gefühl von Zufriedenheit, das in mir aufzusteigen begann. Meine Pflicht war getan, und ich erwartete, den Adressaten meiner Arbeit jeden Moment auf die Terrasse treten zu sehen – einen Händedruck, Worte des Dankes und den Blick auf mein Werk, in diesen schweigenden Minuten, in denen nichts anderes mehr zu existieren scheint als Farbe und Form, die auf Karton gezogenen Blätter aneinanderschabend und vorsichtig von Fingerspitzen gehalten, einige wenige Erläuterungen dazu, Fragen, um dann darauf anzustoßen und zu einem festlich gedeckten Tisch geführt zu werden, zuvor der versprochene Gang in den Weinkeller.

Voller Elan schritt ich auf die beiden zu und wurde begrüßt. Der Verleger rieb seine Wange an meiner, anders als in Frankreich gleich dreimal, Kim drückte mir verstohlen den Arm, und damit begannen endlich diese viel zu seltenen erfüllenden Stunden, bevor die Befriedigung über einmal Geleistetes wieder in das Bewusstsein um das eigene Ungenügen übergeht. Ich erzählte, wie anstandslos sich die Formalitäten hatten erledigen lassen, den Zwischenfall aussparend, damit nichts die gute Stimmung störe, griff durstig nach dem Glas Weißwein, das mir eingeschenkt wurde, ohne den Alkohol zu merken, und ließ meinen Blick über die Rebhänge schweifen – jetzt war der Verleger am Zug. Etwas Zeremonielles haftet der Übergabe von Bildern und dem Aushändigen des Honorars stets an, und dem überließ ich mich nun gerne.

… ein Kompositionsstudium hat er immerhin abgeschlossen, hörte ich den Verleger seinen Satz vollenden. Aber er muss erst beweisen, dass er auch auf der Klaviatur der Politik zu spielen versteht. Verlauten ließ er jedoch nur, dass er an einer Oper über Dädalus arbeite: serielle Musik, Sie verstehen. Es mag ja löblich sein, sich bislang in Skalen, nicht in Skandalen geübt zu haben – doch ohne die nötige Gewandtheit bei Letzterem lässt sich so ein Land nicht regieren. Man kommt hier nur als Realist weiter; dieses Land hat schließlich seine Unabhängigkeit mit anderen Urnen als Wahlurnen bezahlt. Es sieht sich deshalb zumindest als regionale Großmacht, wobei keiner das Wort ›Balkan‹ in den Mund nimmt. Und dass dies einmal ein Vasallenstaat der Nazis war, wird genauso wenig angesprochen – man redet lieber über die Knechtschaft unter den Serben oder die Übergriffe der Magyaren, um sich als Patriot zu zeigen. Dabei bleiben sie alle kleinkarierte Provinzler, die sich gerne in der EU sähen, ohne zu den dafür notwendigen Zugeständnissen bereit zu sein. Nichts als ein Zollschutzgebiet ist das hier, eine Freihandelszone, ein Territorium unbestimmten Zustandes, von dem man lediglich weiß, dass es keine Zukunft hat. Und das befördert nun mal die Korruption, die sich letztlich aus der Diskrepanz zwischen realer Bedeutungslosigkeit und illusionärem Anspruch ergibt – sie bewirkt eine Megalomanie von Möchtegerns, Emporkömmlingen, die sich ihren Reichtum erschmuggeln, um sich dann als Mäzene auszugeben. Sie müssen sich davon nicht betroffen fühlen, meinte er, zu mir gewandt: Sie werden ihm ja bald selbst begegnen, unserem jüngsten Landesvater…

Auf dem Hang gegenüber zog ein Traktor eine Egge übers Feld. Aus den Augenwinkeln sah ich Kim, wie sie seinen Worten aufmerksam zu lauschen schien. Es war selten genug, dass sie sich so lange betrachten ließ – bis sie es merkte, die Augen verdrehte und mich zum Lächeln brachte.

Langweile ich Sie?, fragte der Verleger Kim und rief, den Kopf zum Haus gedreht, nach Milan, der telefonierend im Garten stand. Wir warten ja mittlerweile schon eine ganze Weile auf Milans Bruder – über den ich von ihm nur abschätzige Anekdoten höre. Für ihn wird Dušan selbst als Präsident stets bloß der kleine Bruder bleiben. Alles nur, weil Milan selbst am Krieg teilgenommen hat, unser Sergeant, sagte er, mich mit schmalen Augen musternd. Obwohl Milan sich nie darüber auslässt; mehr als ein Wochenend-Krieger, wie sie hier heißen, wird er aber nicht gewesen sein. Milan!, rief er ein zweites Mal, ein paar Sätze, die ich nicht verstand, hinterherschickend. Auch ich werde langsam ungeduldig, meinte er achselzuckend und trommelte mit den Fingern auf die Tischplatte.

Dušan ist nicht weit von hier geboren, in Karlovac – das müsste Sie interessieren, meinte der Verleger zu Kim. Die Hotelanlagen, die Sie entwerfen – wenn ich Sie recht verstanden habe –, stellen letztlich ebenfalls eine Art von idealen Städten dar. Nur dass in ihrer von Palast, Park und Kirche gebildeten Mitte nun die Rezeptionshalle, der Swimmingpool und der Kuppelbau einer Bar liegen. Ihre Begeisterung für Le Corbusier rührt sicherlich daher, dass man seine so zwanghaft ordentliche Architektur mit Vorliebe in Asien übernahm: denken Sie bloß an das Projekt Shanghai. Aber Kims Augen blieben so ausdruckslos, wie nur sie das zustandebrachte.

Kennen Sie Deutschland? Kim hob leicht die Brauen. Karlsruhe mit seinen von der Mitte aus verlaufenden Achsenstraßen, die die Stadt in Kreissektoren teilen? Mannheim mit seinen quadratischen

Wohnblöcken, die für den Grundriss von Washington Modell standen? Glückstadt im Norden? Oder das wie ein Mühlebrett um die Schanzfestung angelegte Freudenstadt, das Dürers Idee einer Idealstadt verwirklichen sollte? Freude und Glück wurden auf den Reißbrettern Ihrer Kollegen Häuserzeilen entlang auf Reihe gebracht, die Menschen aber gleich Steinchen aus dem Spiel genommen. Sie fragen sich vielleicht, weshalb ich darüber so gut Bescheid weiß? Nun – ich habe eben das entsprechende Buch herausgebracht.

Er griff in den Stapel schäbiger Publikationen auf dem Tisch, jene Reihe von Bänden mit dem rauhgrauen Papier und den abgesoffenen Drucken, die ich nur höflich durchgeblättert hatte, maßlos enttäuscht, dass meine Arbeiten in solch einem Format erscheinen würden. Da: *Die Geträumten Städte*. Darin findet sich alles von Atlantis bis hinauf zu Canberra, Brasilia und La Défense. Er hielt es Kim vor die Nase, eine Doppelseite mit Fingern und Daumen aufgespreizt. Hier etwa ist der Plan der Burg von Veliki Tabor, die Karl II. zur Zeit der Türkenkriege erbauen ließ, in Erwartung, dass ihm dort der Herr erscheine wie Jesus bei der Verklärung am Berge Tabor, überstrahlt von Licht, derweil ihn eine Stimme aus den Wolken zum Sohn Gottes erklärt.

Und da sehen Sie Karlovac, eine der wenigen noch vollständig erhaltenen idealen Städte. Karl erbaute sich diese Festungsstadt als sechszackigen Stern; am Zusammenfluss von vier Strömen sollte sich aus dem sumpfigen Gelände ein Neues Jerusalem erheben und ein erobertes Paradies überblicken lassen. Wenn Sie wollen, können wir morgen gerne einen Ausflug in diese Stadt der Gärten machen; vielleicht sogar führt Dušan uns durch seine Heimatstadt…

Das Grau des Ackers drüben hatte sich inzwischen ins Rot gewendet, Furchen im Laterit, der metallisch in der Sonne glänzte. Und da war immer noch die eine Stadt irgendwo hinter dem Horizont, wo Mädchen zur Hochzeit geführt wurden, das Volk in den Torwegen den Umzug bestaunend…

Karlovac haben Sie, sagte der Verleger wieder zu mir gewandt, letztlich Ihren Auftrag zu verdanken. Denn es wird überliefert, dass Karls Architekt, Martin Stier, dem Erzherzog versprochen hatte, ihm auch den Himmel über seiner Sonnenstadt neu zu entwerfen, die alten heidnischen Sternbilder zu tilgen und sie durch katholische zu ersetzen. Das geschah zwar nie, zumindest soweit wir wissen. Doch nachdem Dušan zum Präsidenten gewählt worden war, setzte er es sich in den Kopf, diese Tradition aufzugreifen, um mit einem endlich kartierten ›Karlstädter Himmel‹ seinem Geburtsort und seinem Land wieder zu Glanz zu verhelfen. Für die Tourismusindustrie ist das zwar ein etwas magerer Einfall: wer bitte fährt schon nach Karlovac, um sich dort ausgerechnet einen von Dušan konzipierten Sternenatlas anzusehen? Aber ich bin mir gar nicht mehr so sicher, dass es überhaupt darum geht.

Dušan ist, blickte er mich prüfend an, wie alle

Künstler umso geltungssüchtiger, je weniger es mit seiner Kunst auf sich hat. Als Komponist hat er es zu nichts gebracht; sonst wäre er nicht in die Politik eingestiegen – um so die Aufmerksamkeit zu erhalten, die er nötig hat. Das ist ihm auch anzusehen: die leinenweiße Anzüge, die er trägt; das Gehabe als großer Reformator, mit der er sich in dieses Taborlicht hüllt. Seine Kleider so strahlend weiß, wie sie auf Erden kein Bleicher machen kann, heißt es im Markusevangelium. Das messianische Auftreten ist wohl der Ersatz für die schöpferische Kraft, die seiner Musik fehlt – wie ich nach zwei anstandshalber besuchten Aufführungen mit dem Nationalorchester sagen muss.

Ein Gang durchs Café Charly passt besser zu ihm; da kann er die Hände schütteln, während ihm die Crème de la Crème das in Italien maßgefertigte Schuhwerk küsst, um einen Auftrag von ihm zu erhalten. Was Ihnen – das wieder einmal zu mir gewandt – einen schönen Raum für Ihre Arbeiten verschaffen wird. Dušan lässt gerade die Festung von Karlovac renovieren. Dort sollen die Bilder der berühmtesten kroatischen Malerin, Slava Raskaj, ausgestellt werden, aber eben auch Ihre Serie von Sternbildern. Doch darüber wird zu reden sein, sobald der Herr Präsident uns die Ehre gibt…

Der Name der Malerin riss mich aus der Betäubung, die der warm gewordene Wein bei mir bewirkte. Meine Mutter hatte bei ihrer Flucht aus der Branau eines von Raskajs Stilleben auf dem Leib getragen, eines ihrer wenigen Besitztümer. Die Knickstellen, wo sie das Aquarell gefalzt hatte, gingen trotz allem Bügeln nie mehr heraus, genauso wenig ihre Schweißflecken, die sich braun neben den Blättern der Seerosen ausbreiteten – gerade der damit verbundenen Geschichte wegen hatte mich dieses Bild als Junge so beeindruckt, dass es lange meine Vorstellung von Kunst prägte. Und dass diese Künstlerin eine dunkle Biographie aufwies, vergrößerte noch die Faszination: taubstumm geboren, dennoch als Schauspielerin auftretend, brachte sie das Ende ihres kurzen Lebens in einem Asyl zu, Gewaltausbrüchen ausgeliefert, manisch depressiv. Aber ich hielt den Mund; ich wollte dem Verleger nicht auch noch einen Anknüpfungspunkt an meine Geschichte bieten.

... haben Sie Lust, durch den Garten zu spazieren, fragte er, ohne Anstalten zu machen, aufzustehen. Die gestutzten Hecken und getrimmten Büsche, die abgezirkelten Blumenbeete rund um das mit Steinen ausgelegte Labyrinth, sie sollen dem Hof weniger einen klassizistischen Anstrich geben, das wäre ja auch lächerlich, dazu ist es trotz Sprenganlage zu trocken, das Gras schon im Frühsommer gelb. Nein – Cabet ist das.

Das sagt Ihnen nichts? Etienne Cabets *Reise Nach Ikaria*...? Er zog ein giftrotes Bändchen aus dem Stapel und warf es mir in den Schoß: ein philosophischer Roman, den ich in Dušans Auftrag einer Wochenendausgabe unserer Tageszeitung beigelegt habe. Das war unter Tito Schulstoff. Sie können sich sicherlich denken, um welche Art von Utopie es sich dabei handelt: die Vision einer vollkommenen Stadt. Und wie alle Visionen stellt auch sie bloß eine konzentrische Fläche voll kalter platonischer Körper dar, jedwedem politischen und sozialen Chaos enthoben. Bloß dass bei Cabet hinzukommt, dass seine sechzig Stadtviertel Namen und Charakter der Weltstädte hätten widerspiegeln sollen, antiker wie moderner: Athen und Rom, Jerusalem und Konstantinopel, Peking und New York. Eine Miniatur des Kosmos und zugleich des menschlichen Universums hätte es werden sollen – und wäre doch nur das potemkinsche Dorf eines Pedanten geworden.

Ob Cabets ideale kommunistische Stadt, Speers Neues Berlin, Versailles, Washington, irgendeine Mormonensiedlung, chinesische Stadtplanungen oder eine europäische Trabantenstadt mit ihren Plattenbauten – sie drücken allesamt dasselbe Prinzip aus. Geometrische Bauten als Abbild eines auf die Erde projizierten Sonnensystems und seines Regelwerks. Dass die durch rigorose Symmetrie zum Vorschein gebrachten physikalischen Gesetze unerbittlich sind, so gar nicht menschlich, macht offenbar die Faszination dieser immer wieder hervorgeholten Idee aus. Ich als Methusalem kann meine abgrundtiefe Abneigung für solch sterile Vorstellungen mit meiner Lebenserfahrung untermauern. Was den Menschen reizt, ist die Abweichung, das Überbordende und Schmutzige, sinnleer

Vergeudetes – wie ja auch in der Kunst, nicht wahr? Denn was den Menschen von der Gleichgültigkeit des Universums abhebt, ist sein Hang zur Perversion: ob Nächstenliebe oder Aggressivität – sie alle weichen von jedem natürlichen Maß ab. Kein Tier ist so gewalttätig und so heillos in etwas vernarrt wie der Mensch.

Er griff nach Kims Hand. Worauf wollte ich hinaus?, fügte er ungeniert hinzu. Ah – richtig, Cabet. Was Dušan an diesem unlesbaren Schmöker so gefällt, ist die politische Promiskuität. Mit seiner Vision dieses Landes will er hier ebenfalls das Globale regional verwirklichen: amerikanische Banken, chinesische Investoren, indische Universitätsdozenten, russisches Gas, was weiß ich, was hier den Aufschwung bringen soll. Eine ideale Stadt als Industriezone. Visionär ist dabei bloß, wie ideologiefrei Dušan dabei argumentiert: nämlich gänzlich ökonomisch.

Die einzige politische Programmatik, die den Realitätstest all der Ismen überlebt hat, ist die Pragmatik des Geldes. Zu der wir uns doch im Grund alle bekennen. Das Kapital hat den Unterschied zwischen Staat und Gesellschaft nicht erst gestern nivelliert, der Staat ein leerer Ort, die Gesellschaft ein Terrain, das von der Macht des Geldes völlig absorbiert wird. Die Ausbeutung verläuft heute vielmehr quer durch das Bewusstsein statt an Klassengrenzen entlang. Das lässt jeden Klassenkampf überflüssig erscheinen, zugleich mit jeder permanenten Revolution und jedwedem ideologischen Ziel: was sich dabei ausbreitet, ist ein aleatorischer Materialismus. Seine Agitatoren ähneln amerikanischen Landstreichern, die auf irgendeinen Waggon springen, um sich mitnehmen zu lassen, egal wohin. Mit den alten Ideologen, die bürokratisch den Fahrplan überprüfen und die Endstation festlegen wollten, haben sie nichts mehr gemein. Denn in diesem Zug haben ihre Tickets keine Gültigkeit mehr, meinte er, während Milan sich zu uns an den Tisch setzte.

Dušan lässt ausrichten, wir sollen schon mal das Geschäftliche regeln.

NEUNZEHN

Selbst wenn sich das Schreiben als Akt der Gegenwehr erklären lässt, es bleibt dennoch eine Art Notzucht.

Die Erziehung meines Vater nötigt mich bis heute, in seinen Begriffen zu denken; es kostet mich jedesmal Anstrengung, seine Vorstellungen zu überwinden. Ihn engstirnig zu nennen wäre ungerecht, dazu begegnete er den Allüren meiner Mutter mit zuviel Liebe; dennoch war an seinem Wesen etwas Unverrückbares.

Wenn ich mich seiner erinnere, sehe ich ihn im Keller an der Werkbank sitzen. Er hatte seinen alten Branauer Hof aus Zündhölzern nachgebaut, penibel mit Pinzette und feinem Pinsel hantierend; sein Prunkstück jedoch war das Neue Jerusalem. Ein Würfel aus Häusern, so hoch wie lang und breit, für jede Seite drei Tore, die sich in den Angeln drehen ließen, makellos ausgeführt; auch die Straßen mit Blattgold auszulegen war ihm akkurat gelungen. An den Grundsteinen und Mauern arbeitete er jedoch bis zu seinem Tod; er fand nie die rechten Lacke, um sie wie Edelsteine erglänzen zu lassen, von den Engeln davor ganz zu schweigen, die er erst aus Lehm knetete und buk, dann durch Zinnsoldaten und schließlich durch meine Spielzeugfiguren ersetzte. Er merkte nicht, dass ihm diese Stadt zu überladenem Tand geriet, so sehr war er in das Planspiel Gottes vertieft.

Arbeitete er nicht an seinen Modellen, las er mir aus der Edda vor, am liebsten jene Stellen, wo es um den Thingplatz und die Rituale des Gerichts ging: die Vorkämpfer mit Namen wie Thorhall oder Thorodds-son, die sich jede Partei auserkor, um ihre Ansicht zu vertreten, die Weihe sodann, auf dass kein Spruch ihre Waffen stumpf werden lasse, das Schicksal als Schiedsrichter – während ich mir vorstellte, wie diese Kämpfe auf seine Modellstädte übergriffen, sich von Gasse zu Gasse zogen, die Schwerter alles kurz und klein hauend.

An seinen Gott glaube ich nicht mehr; doch die Konstellationen des Himmels auszumalen war mir dafür wohl Ersatz. Anders als meines Vaters altertümliche Vorstellungen, sah ich in ihnen ein unregelmäßiges Gitternetz, das sich ausdeuten ließ, skelettiert genug, um die unterschiedlichsten Gestalten darin zu erkennen, offen genug, um die allseits bekannten Mythen individuell auslegen zu können. Mir wurde bei der Arbeit jedoch zunehmend bewusst, dass solche Figurationen auf bloßer Willkür beruhten.

Um den Schlangenträger am Nachthimmel zu finden, verwies mein Sternenhandbuch auf seine Ähnlichkeit mit dem Wünschelbein eines Vogels, und Herkules' Umriss wurde mit einer Lilie verglichen, ihrem Becher, die Blütenlippe aufwärts geschwungen zu den zwei Sternen, die von Eta über Delta zu Gamma führen. Dabei gibt es nichts, was eins mit dem anderen verbindet; die Bilder des Kosmos sind bloße Kosmetik, die Sterne nur griechische Buchstaben, die keine Botschaft erkennen lassen. Dagegen steht unser ganzes lächerliches Bestreben, das Sinnlose mit einem Gesicht zu übermalen, ohne den schwarzen Grund darunter je überdecken zu können.

Es ist wie mit unseren Eltern, von denen wir uns ebenfalls nie völlig lösen können, von dem Vorbild, das sie uns geben, der Leere, die sie in uns hinterlassen. Sollten diese Seiten darum eine Absicht haben, dann die, dich mit mir und meiner Geschichte zu konfrontieren, damit du dich in ihr wiederfindest und sie dadurch überwindest.

Ich bin immer noch wach; in den letzten Tagen habe ich die Pillen unter die Zunge geschoben, ohne sie zu schlucken, ein Obolus, der mir ein wenig Klarsicht erkauft, bevor alles wieder dem Dunkel anheimfällt. Drüben, jenseits der Hecke, bilden die Lichter des Dorfes eine andere Art Konstellation; sie wirkt so beliebig wie ein Sternbild, ohne es zu sein – eine aus Kirche, Marktplatz und der Straße entstandene Figur, während es mir stechende Kopfschmerzen bereitet, all die einzelnen Fragmente zusammenzusetzen. Die vergangenen Jahre und die Tage in Kroatien, du und deine Mutter und Kim, das Erhoffte und das, wozu es mich geführt hat: es ist alles so disparat, weil ihm die Mitte fehlt.

Die Koje eines Bettes, ein schmaler Schreibtisch, ein Bord mit wenigen Büchern, das Bild an der Wand: 12 Quadratmeter sind alles, was mir geblieben ist, und mein eingefallenes Gesicht im Fenster, sobald ich die Lampe anmache. Doch wer mich nunmehr des Nachts anstarrt, aus all den Nächten, in denen ich sie nicht mehr erreichte, ist Kim.

Ich war zu ihr ins Bett gekrochen wie ein Kind, Geborgenheit statt Begehren suchend; bei Tisch war ich ihr bloß Genosse, auf Reisen ein Gefährte. Doch für eine Liebe genügt das nicht, für dieses Übermaß, das sie verlangt: Lust und Begier sind nichts anderes als die Spielformen eben jener Gewalt, die ich in meiner Krankenzelle hier abbüße. Ohne sie erhielt die Liebe keine Gestalt, blieb ich ein Wiedergänger meiner selbst, ein Bettgänger in unserem Schlafzimmer.

Jetzt weiß ich, dass der Grund dafür die Leere in mir ist; damals aber sah ich ihn in den langen Trennungen von dir, die ich nicht ertrug. Doch mit wem hätte ich reden können? Am Schluss hörte mir nur Kim noch zu, bis auch sie es nicht mehr ertrug, diese Monologe über eine andere Frau und deren groteske Posen. Und weil ich von dir nicht loskam, kam ich auch von ihr nicht los: ich wollte gar nichts anderes, als über euch nachdenken, als gäbe es da etwas zu ergrübeln und ergründen – es suchte mich heim wie ein Inkubus, ließ mich ewig um dasselbe kreisen, auf der Suche nach der einen Ursache, der einen Erklärung, die, richtig formuliert, die Macht eines Heilsspruches erhalten und einen Bann bewirken könnte.

Und so sehe ich Kim noch vor mir, höre aber nicht mehr, was sie sagt. Alles Denken hilft genauso wenig wie das Schreiben, es betäubt nur kurz, über das Zerredete hinweg. In den weißen Nächten war keine Stelle mehr unter den Sternen, die sich geöffnet hätte; ich starrte ohnmächtig an die Decke und führte endlose Selbstgespräche. Du wurdest mir verwehrt, sosehr ich mich auch auflehnte; geknebelt und geknechtet, entdeckte ich den Hass in mir – und dass er dieselbe Wurzel wie die Liebe hat. Ich lag neben Kim, hörte sie atmen, hätte der glücklichste Mann auf Erden sein müssen, und war doch der unglücklichste, heillos das Dunkel. Tagsüber sah ich dich in jedem Kind, das mir auf der Straße begegnete, glaubte deine Stimme aus dem Lärmen am Spielplatz herauszuhören, malte mir dein Gesicht hinter geschlossenen Lidern aus und versuchte nachzufühlen, wie es gewesen war, dich einmal im Arm gehalten zu haben.

Ob du dich noch an Kim erinnerst? Da ist das Foto von euch beiden, das ich zwischen die letzten Seiten dieses Heftes gelegt habe, um es wieder glattzupressen, aufgenommen in unserem Wohnzimmer. Es stehen kaum Möbel da, Wände und Parkett im selben verblichenen Gelb, der Türsturz im Hintergrund unsichtbar, abgehoben davon nur die Ornamente der meterhohen blau-weißen Vase, kein Original, vielmehr die grelle Imitation fernöstlicher Motive, der Rand oben abgeschlagen. Als Kim auszog, fanden wir darin ein Papierflugzeug, ein rosa Haarband, einen Werbezettel, Münzen, ein angebissenes und fast versteinertes Kuchenstück, mein lang vermisstes Adressbüchlein und eine Feder, lauter Dinge, die wahrscheinlich du dort deponiert hast. Kim steht davor, einen Arm unschlüssig hinterm Rücken, dem Objektiv zu nahe, das Gesicht vom Weitwinkel verzerrt, ihre kurzen schwarzen Fransen hoch über der Stirn, die Mandeln ihrer Augen auf mich gerichtet, als erwarte sie eine Entscheidung, bereits irgendwie resigniert, weil sie weiß, dass sie längst gefallen ist.

Du aber stehst auf der anderen Seite dieser Leere, eine Puppe in der Hand, die du auf dieselbe Weise hältst, wie ich sonst dich, doch ohne mit ihr zu spielen: schüchtern, für dich allein. Das Licht, das durchs Fenster fällt, überzeichnet deine Niedergeschlagenheit; kein Leuchten ist mehr um dich, du wirkst müde, erschöpft, der Blick zu Boden gerichtet, die Vase ein Echo deiner Gestalt. Das Haar fällt dir bereits auf die Schulter, du trägst eines der dir schon zu kurz gewordenen Kleider, die deine Mutter dir immer dann anzog, wenn ich dich abholte. Du bist in den Monaten, wo sie unser Zusammensein verhinderte, groß geworden, weißt nicht mehr recht, was anfangen mit mir, und willst dich hinüber zu Kim stellen, merkst aber, dass da etwas zwischen ihr und mir ist, das du nicht benennen kannst. Du sprichst noch immer nicht, auch in unserer erfundenen Sprache finden sich keine rechten Worte, zuviel hat sich zwischen sie geschoben.

Ich habe dich deshalb aus dem Foto geschnitten, als könnte ich dir dadurch etwas von dieser Verschlossenheit nehmen, die du mir gegenüber immer öfter an den Tag gelegt hast, deine Silhouette dann aber wieder eingeklebt. Wie mir dein breitzahniges Lächeln fehlt, der Schwung, mit dem du dich mir so oft in die Arme geworfen hast, das Balgen mit dir, wenn wir uns auf dem Boden wälzten, uns zusammenraufend, ohne dass du genug davon bekamst, dem unschuldigsten aller Liebesakte gleich.

ZWANZIG

Einem Schriftsteller mag ein Blatt Papier Revanche für die Armseligkeiten des Menschseins erlauben, einem Tänzer die Bühne, dem Architekten das Terrain – ich kann darauf nur die Wendepunkte meines Lebens skizzieren.

Was davon blieb, war ein Grundriss im DIN-Format: doppelte Linien für die Mauern, die Fenster gestrichelt, Kreisbögen für die Türen, im Schriftfeld Materialangaben und Revisionsvermerke. Dich zum ersten Mal zu verlieren bedurfte keiner Begründung; es genügte der formelle Antrag deiner Mutter.

Das Gericht überging meine Eingaben und Abänderungsvorschläge, hielt sich an die Maß- und Toleranzvorgaben der Judikatur und räumte mir mit dir einen Sonntag im Monat von 10.00 bis 17.00 ein, einen Weihnachts- und einen Ostertag. So wurde aus dem Entwurf unseres Hauses, in einem Bistro gegenüber vom Pont des Invalides damals auf eine Papierserviette schraffiert, ein baustatisches Schema mit Prüfstempel und Erstellungsnummer, eine Detailansicht, die nur noch einen Ausgang aufwies, der Aufriss umgezeichnet zu einer Betonwand, der Zugang nur mehr von der Straßenseite möglich. Kein Wachen mehr an deinem Bett, wenn du krank warst, kein Christbaum, den ich dir mit Orangen und Mandarinen hätte schmücken können, die Geschenke vor die Tür gestellt, kein Blick durchs Fenster deines Kindergartens manchmal, das Telefon stets durchklingelnd, wenn ich es nicht mehr aushielt und dich meine Stimme hören lassen wollte: du sprachst noch immer nicht, aber du solltest wissen, dass ich dich nicht im Stich gelassen hatte.

Was blieb, waren vom Gericht gestempelte Normen und Regeln im Zeichnungskopf: doch selbst daran hielt sich deine Mutter nicht, fuhr mit dir an meinen Besuchstagen in den ›Urlaub‹, verweigerte mir den Zutritt, indem sie vorgab, du wärest krank; selbst an deinem Geburtstag wurde ich abgewiesen, Luftballons in der Hand, die ich schließlich an eine Eisenspitze des Zauns band. Was einmal in unserer Liebe Platz gefunden hatte, fand nun nirgends mehr Raum, beschränkte sich auf einen Streifen Weg, Betreten bis auf Widerruf, dass ich nicht mehr wusste, wohin mit meiner Seele. Du warst mehr als eine Tochter und dies die Liebe eines Vaters: du warst der Teil, der sich abspaltet in diesem unmerklichen Dahinsterben von Tag zu Tag, das, was als einziges wirklich lebt.

Wenn du sie liebst, hörte ich von allen Seiten, dann lass sie und geh, geh deinen Geschäften nach. Und auf diese Weise, ferngehalten von dir, wurdest du mir immer fremder, ich damit aber auch mir. Je mehr abstirbt in einem, desto mehr wird ein Kind zur Nadel des Herzens: sie nordete nun den Plan ein.

Nicht erst jetzt, die ganzen letzten Jahre war ich gefangen und verlor mich im hartnäckigen Aufbegehren dagegen, dich zu verlieren. Dir ein Vater sein zu wollen, ohne es zu dürfen, zerriss mich, während deine Mutter vollständig zu werden schien, ihre innere Leere endlich ausgefüllt durch die Mutterrolle. Sie gefiel sich in all ihren Posen. Ich aber war zum Verstummen verurteilt, während jeder deiner Blicke, deine Hand, wie sie nach meiner griff, mich als deinen Vater beschwor – obwohl ich nur Mittelmaß war, ein Maler, der es zu nichts gebracht, ein Handlanger, der sich sein Geld mit dem Erstellen von Katalogen und Kopien verdient hat.

Mir fehlt die Unbekümmertheit der Männer, denen es ausreicht, ein Kind gezeugt zu haben, es der Mutter zu überlassen und dafür zahlen zu dürfen. Ich dagegen bin verstrickt in deine Existenz, dem Verlangen nach diesem Leben, das man selbst gezeugt hat, das fassbar ist – so greifbar wie dein jedesmal überraschendes Gewicht, wenn ich dich über eine Pfütze schwingen ließ, weich wie deine Haut, auf der die Schrammen so viel schneller verheilten als die Kratzer auf meiner Wange, wenn du von mir genug hattest.

Denn auch das war meine Liebe zu dir: meine Macht zu erleben, wenn ich dir in den Bauch biss, mich balgte mit dir, dich zwickte, knuffte und kitzelte, dein Körper das Fleisch meiner Lust und Angst. Am Ende unseres Atems, verschwitzt wir beide, miteinander ringend, Gesichter ziehend, zähnefletschend uns umeinander drehend, die Haut gerötet, voll blauer Flecke und Knutschmale aber ging es auch um anderes: nicht bloß den eigenen Leib zu spüren, vielmehr eine Figur von sich – die Wunschvorstellung von einem selbst.

Aus demselben Grund braucht ein Maler ein Modell, das ihm seine Nacktheit zeigt: damit er sich abbilden kann. Tizian mischte die Pigmente mit seinem Blut und Sperma, Modigliani geriet jedes Gesicht zur Mandel, Ingres verlieh seiner Odaliske einen zusätzlichen Halswirbel, El Greco zerschnitt seine Silhouetten mittels greller Farbigkeit, bis Giacometti sie zerschmolz zu flüssigem Erz, in dem sich die eigene Gestalt wieder verlor. Doch wer hätte nach Cézanne, jede Form zerbrochen, noch einen Apfel malen können?

Darum versuchte ich mich an Dutzenden von Ansichten, jeder Abschnitt ein eigener Blick, in jeweils unterschiedliche Winkel. Ich sehe mich zu verschiedenen Zeiten, an einzelnen Orten, mit immer anderen Menschen; doch allein weil alles stets nur auf dich zuläuft als gemeinsamen Fluchtpunkt, kann ich sagen: Das bin ich. Und doch bleibt dieses Ich eine Projektion, deren Geraden sich bloß auf diesen Blättern schneiden. Es ist wie mit den Konstellationen: jeder Lichtpunkt ist eine ferne Sonne, in ihrer je eigenen

Sphäre, ihrer je eigenen Unendlichkeit und in unendlichem Abstand voneinander, und nur ich bin es, der darin eine Figur oder gar einen Plan zu erkennen glaubt. Ich war mit dir dem Himmel zu nahe gekommen, sah nun zuviel und zugleich zuwenig.

Was ich beschreibe, ist mein Sündenfall; er ging meiner Vertreibung aus einem Garten Eden voraus, in dem ich mich mit deiner Mutter wähnte. Dich zu bekommen war meine Prüfung; erst durch dich habe ich erkannt, wie unzulänglich und bedürftig meine Beziehung zu deiner Mutter war und dass mir mein Gehorsam kein Anrecht auf Unschuld gab. Nichts und niemand hatte mich gezwungen, in den Apfel zu beißen, den sie mir mit dir hinhielt, oder Verantwortung für mich zu übernehmen. Das jedoch merkte ich erst, als du mir vorenthalten wurdest, mir verboten wurde, dich zu sehen: dies zu missachten war so zerstörerisch, weil ich mich damit gegen ein erlassenes Fernhaltegebot stellte. Ich begab mich aus meiner selbstverschuldeten Unmündigkeit; doch statt endlich über mich zu bestimmen, blieb ich im leeren Gestus des Ungehorsams befangen.

EINUNDZWANZIG

Selbst wenn Worte und Figuren uns der Vergangenheit entreißen und sie als gegenwärtig vor Augen rücken, tritt das Eigene darin immer weiter zurück und geht in Allgemeinem unter.

Reihe ich Satz um Satz aneinander, dann um nachvollziehbar zu machen, wie deine Mutter zu Tode kam. Die Umstände im Nachhinein darzulegen stellen mich allerdings auf eine Art und Weise in Frage, dass ich mich in eben jenen Apologien ergehe, denen schließlich auch das Gericht jede Berechtigung abgesprochen hat.

Wenn ich dir jetzt diesen einen Tag in Kroatien dennoch schildere, so gut ich es vermag, dann um dir ein paar Momentaufnahmen zu geben, ausgeblichene Polaroids nebeneinandergelegt. Es sind keine zufälligen Schnappschüsse; doch das zentrale Bild fehlt. Ich will auch nicht behaupten, die Gespräche an diesem Tag wiedergeben zu können: bei den meisten Begegnungen ergehen wir uns letztlich in Monologen, welche unsere eigentliche Beziehungslosigkeit ausfüllen sollen.

Milan hatte sich zu uns an den Tisch gesetzt und dem Verleger wortlos den Aktenkoffer hingeschoben; er ließ die beiden Riegel aufklacken und klappte den Deckel hoch. Hatte ich angenommen, mit meiner Unterschrift einen Betrag in der Landeswährung quittiert zu haben, starrte ich nun überrascht in einen Koffer, der mit Bündeln von blassgrünen und lila Euroscheinen vollgestopft war, eine Summe, mit der man sich hier wohl einige Villen kaufen konnte.

Ohne mich eines Blickes zu würdigen, führte der Verleger die Konversation fort, als hätte ihn Milan nur kurz unterbrochen: Was halten Sie von einer Fahrt nach Karlovac? Wir könnten uns dort die Bilder Raskajs ansehen? Mir hat dieser Name anfangs nichts gesagt, doch nach ein paar Monaten hier weiß man, wen man in der Geschichte des Landes zu kennen hat. Aber keine Angst – über sie habe ich noch kein Buch herausgebracht; Raskaja ist ein Staatsheiligtum, für sie kommen bloß Hochglanzbände in Frage. Vielleicht morgen?

Damit zog er vier dünne Bündel aus dem Koffer, legte sie neben mein Glas und erwartete wohl, dass ich sie mir sofort in den Anzug stopfte, gewissermaßen als Taschengeld für den Ausflug. Und erst da wurde mir bewusst, in welchem Umfang man mich ausgenutzt hatte: ich war bezahlt worden, um mit meinem Namen eine Unterschlagung zu unterzeichnen.

Anders als mir, dem alles vom Gesicht abzulesen ist, blieb Kims Ausdruck unergründlich. Was sie in einem bestimmten Augenblick dachte, war ihr kaum jemals anzumerken; wenn überhaupt, verriet sie es später, in wenigen Sätzen, die dann umso schneidender waren. Nun aber ließ ihr Schweigen in mir das Gefühl aufsteigen, allein gelassen zu sein, da sie um meine Ungeschicklichkeit in solchen Situationen, meine fehlende Souveränität im Umgang mit Menschen wusste: ich suchte Nähe, wo Abstand vonnöten, Sympathie, wo keine Basis dafür gegeben war, selbst bei geschäftlichen Dingen.

Geschickt wie der Verleger jedoch war, ließ er gar nicht erst einen Moment des Zweifels aufkommen, sondern öffnete mit spitzen Fingern meine Mappe, um das größte, zusammengefaltete Blatt daraus hervorzuziehen: die Karlstädter Kartierung. Und statt ihn zur Rede zu stellen, hörte ich ihm zu, wie er sich über meine gekaufte Nacht hermachte.

Aus dem Ultramarin des Untergrunds stach der Große Bär heraus, der den Landesnamen erhalten hatte; der Bärenhüter trug die Aufschrift ›Vereintes Europa‹; und der Kleine Bär hieß nun ›der Soldat‹, seine einzelnen Sterne nach lauter Verlierern benannt: ›Xerxes‹, ›Hannibal‹, ›Napoleon‹… daneben ein ›Amselfeld‹, bei dem jedoch offenblieb, welche der vielen Schlachten dort unsterblich gemacht werden sollten.

Angesichts dessen, dass dies ein Himmel allein von Dušans Gnaden war, wurde mir nun auch klar, weshalb der Skorpion in ›Musiker‹ umgetauft worden war, seine beiden Scheren ›Wagner‹ und ›Verdi‹. Auf der einen Hälfte dieses Firmaments fanden sich so die Männer der Tat, auf der anderen die Männer des Geistes, in einem geometrischen Schematismus, dessen Kalkül keine Legenden mehr zu verbergen vermochten. Frauenfiguren dagegen reihten sich bloß einige wenige auf, gelbe Einsprengsel entlang des alten Flussbildes Eridanus'; umso liebevoller hatte ich deshalb die dazugehörige ›Kinderecke‹ im Phönix ausgeführt, golden zermahlenes Pyrit auf dem monochromen Blau des Firmaments.

Hätte der Verleger sich die Karte näher besehen, statt sie nur als Stichwortsammlung für seine Ausführungen zu benützen, würde er gemerkt haben, dass ich sie einer gewissen Lächerlichkeit preisgab – denn im Falz, dort, wo sonst die Waage steht, hatte ich mir die Freiheit genommen, den ›Narren‹ einzuzeichnen, als der ich mich nun erwies, bloßgestellt und bestechlich, meine Arbeit verspottet, meine Anwesenheit hier nur ein Alibi für andere, mein Honorar ein Entgelt der Komplizenschaft.

Anstatt nach dieser Geldwäsche noch einen ehrenvollen Rückzug anzutreten, nach einem solchen Affront brüsk aufzubrechen, meine Mappe unter dem Arm, musste ich in dem Moment bereits daran gedacht haben, wie ich aus dieser Situation Kapital schlagen konnte – indem ich bereit war, noch jene dreißig Silberlinge draufzuschlagen, für die man sich Menschen einmal kaufen konnte.

Der Nachmittag zog sich schier endlos in den Abend und das Warten auf den Auftraggeber erwies sich bald als Vorwand, um mit pharisäerhafter Herzlichkeit etwaigen Zweifeln oder gar Vorhaltungen keine Nahrung zu geben. Ein Echo auf meine Arbeiten war deshalb genauso wenig zu erwarten, wie man Anstalten machte, das in Aussicht gestellte feierliche Essen auszurichten: mit wem auch? Das Telefon läutete, es war offensichtlich erneut Dušan; mehr als ein Gruß aber wurde mir nicht mehr übermittelt.

Solcherart in die Gastgeberrolle gedrängt, führte Milan mich in den Gewölbekeller, um mir seine Weine zu zeigen, Gegenstände nationalen Stolzes, für die man hier europäische Preise zahlte. Ob Amt oder Krankenhaus: eine Flasche mitzubringen wurde erwartet; getrunken wurden sie jedoch nur von den Ärzten oder der Mafia. Deshalb blieb es bei der Etikettenbeschau; was Milan für uns aus einem Faß abzapfte, war schäumender Sturm.

Als es uns spät genug schien, um uns endlich zurückzuziehen, erschien jedoch der Verleger, das alte Mütterchen am Arm, und bat uns zu Tisch. Die berühmte Purgerica, Pute mit Speck, Zitronen und Kastanien, könne sie uns leider nicht anbieten; aber sie habe Sarma für uns zubereitet. Wir aßen diese Krautwickel von alten Tellern, der Goldrand vom vielen Waschen abgeblättert, in der schummerigen Stube dieses Vierkanthofes, goldgerahmte große Fotos ihrer beiden Söhne unter dem Kruzifix, Eisenpfannen über dem verrußten Herd. Es war so stickig und eng wie bei meinen Eltern zuhause; das Mütterchen am Kopfende, Milan mit dem Kind mir gegenüber, saß ich Ellenbogen an Ellenbogen mit Menschen zu Tisch, die mir lästig waren.

Ich fragte das Mädchen nach seinem Namen. Es drückte sich scheu an Milan, der ihm den Arm um die Schulter legte, und aß manierlich die Portionen, die er ihm zurechtschnitt; erst da ging mir auf, dass es seine Tochter sein musste. Der Gedanke berührte mich auf ganz eigenartige Weise. Sie starrte uns beim Kauen verstohlen an, der Blick auf Kim gerichtet, die ihr schließlich entlockte, wie sie hieß: Nada. Was der Verleger, eine schnurrende Katze fütternd, sogleich mit seiner salbungsvollen Übersetzung unterlegte: Ja, du trägst die Hoffnung deiner Generation…

Ich habe nie etwas dafür übriggehabt, wenn Eltern den Namen zum politischen Programm erheben, wie bei Bekannten von uns, die ihren Jungen Aaron getauft hatten. Deshalb trägst du eine andere Art Namen: es ist das einzige Mal, dass deine Mutter in eine meiner Vorstellungen eingewilligt hat.

Sich zunehmend wohler fühlend in unserer Gesellschaft, begann Nada übermütig zu werden und plapperte drauflos. Je nach Tonfall nickte ich oder schüttelte den Kopf, bis sie mir ein Glas Saft reichte, dabei aber mit dem Ellenbogen ihren Teller über die Kante schob, dass er am Boden zersprang. Das Mütterchen begann sofort zu schimpfen, Milan jedoch fuhr Nada bloß übers Haar, schob die Katze, die bereits daran leckte, unsanft beiseite und las schweigend die Scherben auf; dann hob er Nada auf seinen Schoß und ließ sie von seinem Teller weiteressen.

Es waren belanglose Gesten, aber die Zuneigung, die er seiner Tochter erwies, machte umso mehr Eindruck auf mich, als ich ihm so etwas nicht zugetraut hatte. Und wie es nicht anders sein konnte, folgte bald darauf die Frage, ob wir Kinder hätten. Kim zuckte bei diesem Thema stets zusammen. Da der Verleger mich noch in der Pariser Wohnung aufgesucht hatte, die ich mit dir und deiner Mutter geteilt hatte, blieb mir bloß eine Antwort, die alles ins Rollen brachte.

Ich setzte zu einer Erklärung an, in der ich mich zusehends verhedderte; zu vieles hatte sich in mir aufgestaut, ich hatte getrunken und die uneingestandene Spannung dieses Tages tat das ihre. Ich zückte zwar nicht meine Geldtasche, um ein zerknittertes Foto von dir herumgehen zu lassen; doch die Frage nach deinem Namen war wie ein Schibboleth, mit dem ich dachte, Freund von Feind unterscheiden zu können. Und so, ungeachtet dessen, dass Kim mir ihre Knöchel in die Seite presste, schüttete ich mein übervolles Herz aus.

Eines gab das andere, der Verleger übersetzte, und die Pausen, die sich jedesmal breitmachten, füllte ich durch immer noch mehr Details aus, wirr zuerst, bis sich dann alles an seinem tragischen Faden aneinanderreihte. Der Verleger ließ sich zwar anmerken, dass ihn diese Geschichte ermüdete, doch Milans ungeteilte Aufmerksamkeit war mir sicher. Kopfschüttelnd schien er mein ganzes Martyrium nachvollziehen zu können und mir bereits durch seinen Gesichtsausdruck zu vermitteln, dass all dies für ihn nicht rechtens war. Du musst etwas dagegen tun, meinte er mit immer größerem Nachdruck; ein Kind ist die Seele eines Vaters. Wenn es meine Tochter wäre…

Ich blickte ihn an, sah seine vierschrötige Visage, die schiefe, gebrochene Nase, die ungeschlachten Hände, mit der er sein Kind hielt, und seine Worte richteten mich innerlich auf; sie erlösten mich aus diesem dräuenden Zustand, dem ich jeden Morgen aufs Neue vergeblich beizukommen versucht hatte, und verhießen eine Klarheit, als wäre es allein, indem es ausgesprochen wird, schon gebannt. Ich betrachtete Milan, als würde er mich nun aus diesem Limbus patrorum holen können, der Hölle derer, denen ohne eigenes Verschulden der Himmel verschlossen bleibt, um mir mein Seelenheil zu verkünden: der gute Schächer an meiner Seite, der mich nicht verhöhnte, sondern Beistand bot.

ZWEIUNDZWANZIG

Als dienten diese Aufzeichungen nur dazu, den Vorrat an Worten aufzubrauchen, um dann jene drei aufs Blatt setzen zu können, die alles bestimmen.

Der Limbus ist kein Purgatorium. Das Fegefeuer ist jener Teil des Himmels, in dem die Seelen bis zur Auferstehung leiden; der Limbus dagegen jener Kreis der Hölle, in dem man nicht einmal mehr Schmerz verspürt, sich im Zugrundegehen erschöpfend. Je tiefer es mich hinabzieht, desto eher kannst du dich aus deinem Limbus befreien: das ist mir ein Trost.

Nachdem zwischen mir und deiner Mutter eine Gewalt ausgebrochen war, die sich nicht mehr wie sonst in einem Geschlechtsakt hatte bannen lassen, eine tätliche Auseinandersetzung, du in der Mitte, erst wenige Monate auf der Welt, fuhren wir wie die anderen Jahre auch an den Atlantik, wo Louis uns sein Haus lieh. In der Isolation des Dorfes, dem auf allen Seiten offenen Horizont, der uns auf uns selbst zurückwarf, stieg noch einmal alles hoch und kappte dadurch jenes Letzte, das uns sonst immer zu verbinden geholfen hatte. Deine Mutter nahm meine Fürsorge um unsere Familie nicht wahr und fühlte sich auch nicht mehr als Frau begehrt. Und je mehr sie mich durch ihre ostentativ zur Schau gestellte Gleichgültigkeit abstieß, mit der sie wohl meine Aufmerksamkeit einfordern wollte, desto hässlicher erschien sie mir: es kostete mich Überwindung, sie noch zu berühren, ein Gefühl des Ekels stellte sich ein, der umso stärker wurde, als ich mich von ihr ewig in Frage gestellt sah. Wir entkamen diesem Kreisen nicht, das deine Mutter schließlich ganz aus dem Gleichgewicht brachte und in ihr bizarre Manien auslöste.

So ließ sie plötzlich in den Läden und Boutiquen dieses Ferienortes irgendwelche Dinge mitgehen, einen daumengroßen Leuchtturm, Silbernadeln, ›Souvenirs unserer Liebe‹, wie sie es nannte. Dann wieder unternahm sie lange Spaziergänge am Strand, während ich dich in unserem reetgedeckten Haus hütete, um dann plötzlich mit irgendeiner männlichen Zufallsbekanntschaft in der Tür zu stehen, die mich überraschter ansah als ich sie. Oder aber deine Mutter fing im Restaurant an, bei den wenigen Malen, die wir ausgingen, mich unter dem Tischtuch zu begrapschen, ihr grelles Lachen die Blicke auf uns ziehend, um darauf ihren Träger über die Schulter zu schieben und mir zuzuflüstern, sie wolle jetzt mit mir schlafen, auf diesem Tisch hier, sofort.

Als Louis für ein paar Tage zu Besuch kam und neben uns im Gästezimmer schlief, war der Bannkreis, der uns noch umgab, bereits durchschritten. Sie kam darauf zu sprechen, dass er und ich uns während der Studienzeit doch einige Frauen geteilt hätten, und das angeblich noch, als ich ihr schon längst den Hof machte, um dann nach seiner Hand zu greifen und sie an ihre Brust, ihren Schoß zu führen. Louis ließ sie gewähren; er sah mich dabei an, hilflos erst und dann doch aufgestachelt. Schließlich schlug sie vor, ans Meer zu gehen, zu unserem kleinen geschützten Winkel, der ob des Windes gänzlich verlassen lag. Sie zog sich aus, stellte sich vor uns, breitbeinig, die Arme herausfordernd in die Hüften gestemmt, und stieg in das graue Meer, dessen andonnernde Brandung rote Striemen auf ihren Körper zeichnete, immer weiter hinaus, bis ihr die Wellen über den Kopf schlugen. Sie hatte nie richtig schwimmen gelernt; deshalb lief Louis ihr nach, während ich bei dir blieb und uns in eine Decke hüllte. Ich sah deine Mutter: Louis hielt sie mit einem Arm, es schien, als vögelte er sie im Wasser, während sie langsam von der Strömung hinter den Felsvorsprung getragen wurden. Du begannst zu schreien, dir war kalt, aber ich blieb sitzen, in mich gekauert, mich wiegend, meine Hand wie abwesend deinen Bauch streichelnd.

Sehr viel später, unentschuldbar später, kam Louis über den Kamm mit deiner Mutter, die völlig hysterisch war, Tränen über das vor Kälte faltige Gesicht rinnend, nicht mehr wiederzuerkennen. Ich beachtete sie nicht, ich wollte nichts mehr hören, nichts mehr sehen, bis sie mir ins Gesicht spuckte: Du Schwächling! Du bist für mich gestorben! Ich will dich nie mehr sehen! Ich halte das Leben mit dir nicht mehr aus! Du hast kein Rückgrat, hau ab, hau ab! Ich erhob mich und ging mit dir zurück zum Haus. Wir redeten nicht, sprachen auch später nie mehr über diesen Vorfall; wir kochten zusammen, als wäre nichts geschehen; sie brachte dich ins Bett.

Erst jetzt habe ich verstanden, dass ihr Tod und der meine ein und dasselbe sind. Ich habe seit langem keinen Pinsel mehr in die Hand genommen, nichts mehr gezeichnet, auch keine Sternbilder. Mag sein, dass die Medikationen schuld daran sind; nachdem das Anafranyl keine Resultate gezeitigt hat, ist man auf Niamid übergegangen. Die immer höheren Dosierungen bewirken jedoch das Gegenteil: Tagträumen und einem suizidären Verfolgungswahn verfallen, verliere ich selbst den Gleichgewichtssinn, dass mir alles vor Augen verschwimmt. Ich bin mehrmals schwer gestürzt, kann kaum noch essen oder trinken, ohne mich sogleich übergeben zu müssen, und uriniere fast unkontrolliert. Einmal erwacht, komme ich von dem Alb nicht los, der mir auf der Brust sitzt, und warte begierig auf die Visite des Arztes.

In dessen Anwesenheit finde ich wieder zu einer gewissen Geistesgegenwart zurück, doch diese Wachheit reicht inzwischen nicht mehr bis zur Mittagsruhe. Allein den einmal angefangenen Absatz beenden zu wollen hält mich am Tisch, an dem ich den Nachmittag über wie apathisch sitze, einen Bildband der Kunstgeschichte aufgeschlagen vor mir, den Bleistift dazu benützend, mit dem Lineal die Farbdrucke zu rastern und ihre verborgene Geometrie herauszuarbeiten.

Jede Maria mit ihrem Kind ist zumeist von einem Kreis umrahmt, dem sich all die anderen Formen eingeschrieben finden, Seurats Modelle ein Gitterwerk gleichschenkliger Dreiecke, Ingres' Odaliske konzentrischen Halbkreisen entlang drapiert, Tintorettos und Giorgiones Venus sich entlang ihrer Diagonalen rekelnd, Botticellis Venus von den Winden in einen Goldenen Schnitt gedrängt, um sich mit dem nächsten Schritt über die Wasser jedoch wieder in die Mitte zu rücken: gleichgültig, ob die Figuren die darunter liegende Symmetrie überdecken oder herausstreichen – sie richten sich an Brenn- und Fluchtpunkten aus und ordnen sich ihnen unter, als wären sie die Schwer- und Fliehkräfte unseres Lebens.

Sogar die Vorstellung, die ich von dir habe, wird noch von solch unerbittlichen Falllinien definiert, die ich lieber verwischen, unkenntlich machen möchte. Wenn ich sie dennoch ziehe, dann damit du sie irgendwann überwinden, dich davon abheben kannst, frei werden, wie ich es versuche im Gespräch mit meinem Arzt: etwas in mir zu entdecken, das nicht von den Trajektorien der Gewalt durchbohrt wurde, dem Walten von Kräften, denen wir ausgeliefert sind.

Das letzte Foto von dir habe ich gemacht, als du schon fast vier Jahre alt warst. Du schläfst, deine Brauen seltsam angehoben, in einem Traum gefangen, als fragtest du nach deiner Mutter. Deine zu großen Ohren stehen ab unter den Locken, du hast nur ein rotes Höschen an, und man sieht, wie heiß dir ist; ich kann deine warme Haut an der Wange, im Arm spüren, den süßen Schweiß schmecken an dir, wenn ich nur auf dein Gesicht blicke und mich an die Stunden mit dir erinnere. Doch knapp über dem zurückgestrampelten Laken hast du deine Fingerchen ineinandergefaltet, als würdest du beten, nein, schrecklicher: als lägest du aufgebahrt, dein Staunen nun in starre Ungläubigkeit verwandelt.

DREIUNDZWANZIG

In der Traumarbeit der Sprache aber wird wieder denkbar, was vor dem Anfang und nach dem Ende war, kann ich den Namen deiner Mutter wieder in den Mund nehmen.

Nackt mitten im Januar, reglos auf einer Holzkiste, den Oberkörper verdreht, die Beine leicht gespreizt, Arme abgewinkelt und mit geneigtem Kopf blicklos auf etwas starrend, sagte deine Mutter, verwandle ich mich in eine Statue, Lots Frau, die Verkörperung einer Jahreszeit, einen Engel am Grab… Die am längsten durchgestandene Pose währte über Monate verteilt 111 Stunden, sagte deine Mutter, ohne dass ich die Minuten gezählt hätte, weil ich über diese quälende Anspannung jedesmal in Trance gerate. Es ist die an jeder Muskelfaser zerrende Lähmung, die mich innerlich aufrechthält; ich lehne mich daran, es stützt mich: dieser Schmerz ist der geringste Preis, um zu einer Figur werden zu können, die mir ähnelt, ohne ich zu sein. Wenn ich denn einen Wunsch hätte, sagte deine Mutter unverstellt zu mir gewandt, dann den, alle Bilder, für die ich Modell saß, einmal in einer Ausstellung versammelt zu sehen, um ungehindert und mit aller Zeit der Welt zwischen ihnen herumzugehen und den Entwürfen, Skizzen und Abdrücken meiner selbst gegenüberzustehen und diese Wandlungen alle zu überblicken. Jedes Bild stellt eine Pause meiner selbst dar, in der ich für eine Weile zur Ruhe kam; doch je mehr Kopien entstehen, desto weniger greifbar scheine ich mir. Sodass ich, hatte deine Mutter an diesem Morgen in einem Moment völliger Ruhe gesagt, halb im Kissen vergraben, ihr Haar flammend rot leuchtend, der Frage nicht mehr länger ausweichen kann: wer bin ich eigentlich?

Es war einer der wenigen geglückten Augenblicke, wo wir satt und verschwitzt auf der Matratze lagen, die Decke zu Boden gerutscht, meine Wange auf ihrer Hand, uns ein- und ausatmend, jede Verhärtung gewichen. Alles hatte wie sonst auch mit ausgestelltem Missfallen begonnen, das durch sanfte Annäherungen überwunden werden wollte, Gesten der Verführung meinerseits, in die sie sich schließlich zu schicken vorgab, als überließe sie sich bloß meiner Befriedigung, ohne selbst befriedigt zu werden. Noch in diesem Zwang begriffen, hatte sie sich wie immer auf den Bauch gekehrt, die Schenkel aneinandergepresst, sich bei jeder Berührung versteifend und unwillkürlich verkrampfend, der Körper blass, beinah kalt, dass meine Finger kaum eine weiche Stelle fanden: erst bohrendes Kneifen, Schläge mit der flachen Hand, der langsam ansteigende Schmerz ließ Widerspenstigkeit in Lust übergehen. Für ein Mal aber kamen wir plötzlich, in völliger Selbstvergessenheit, Hand in Hand zu liegen. Sie drehte sich um, offen, schmiegsam und warm, eine Zunge von Licht über ihre schmalen Brüsten leckend, und ließ Liebe zu: wir waren selbstlos und eins.

Unverwandt blickten wir uns an, und ich dachte, wie schön, wenn es immer so bliebe, wenn diese Erlösung möglich wäre. Ich hatte die Liebe so nicht gekannt, nein: nie solche Liebe gekannt. Und da deine Mutter mich nun unabsichtlich hatte sehen lassen, was ich nicht hätte sehen sollen, erzählte sie aus derselben Stille heraus, in der wir miteinander geschlafen hatten, von ihrem Vater.

Keine zwölf war sie gewesen, die Nachbarn sonntags zu Besuch auf der Terrasse, einer dieser nie vergehenden Sonntagnachmittage, Gespräche über einen Totogewinn, den geplanten Campingurlaub, die Angst um den Arbeitsplatz, während deine Mutter, weit entfernt von allem, im Gras spielte und sich ›beschmutzte‹. Peinlich berührt von dem sich dunkel auf deinem Sonntagskleidchen ausbreitenden Fleck, geriet ihr Vater in eine absonderliche Rage, seine Frau wie immer in stummem Gehorsam daneben; er riss sie an sich und trug sie in ihr Zimmer, um sie ob ihres fehlenden Sinns für ›Sauberkeit‹ zu bestrafen. Deine Mutter presste sich mit dem Bauch ans Laken, um ihn vor den Schlägen zu schützen, voll verkrampfter Anspannung und zugleich doch neugierig erregt. Er griff nach einem Gürtel; als er an ihrer Nacktheit, dem dünnen Flaum zwischen den Beinen dann aber die Frau sah, die deine Mutter dabei war zu werden, darüber ebenso erschrocken wie über sich selbst, drückte er sie nieder: und sie hinwieder empfand die Schläge nun als Erleichterung, harmlos im Vergleich zum Unheil, das sie sich ausgemalt hatte. Da überkam ihn Scham; er nahm den blauen Schal vom Stuhl und bedeckte sie damit. Und als erkläre sich alles aus der verletzlichen Blöße, mit der sich deine Mutter an diesem Nachmittag offenbarte, flüsterte sie: Ich möchte ein Kind von dir.

Ohne zu wissen, wer wir waren, glaubten wir so, einander schon erkannt zu haben. Ich erzählte ihr von meiner Familie, um mich nun auch offen zu zeigen, ebenfalls zur Schau zu stellen, was mich bedrängte. Das war das Glück dieses Augenblicks: dass wir für ein Mal erkannten, wie ähnlich wir einander in unserer Ohnmacht und Bedürftigkeit waren, in unserem Trotz und der Sehnsucht, die bloß ein übersteigerter Anspruch auf Liebe waren, der Versuch, sie zu erzwingen. Elend waren wir, ohne es uns einzugestehen, und ohne dem Gefühl zu entkommen, irgendwie unecht zu sein, unfertig. Ein Kind jedoch, ein Kind von uns beiden – allein der Gedanke daran versprach die Möglichkeit der Vollendung, und sei es nur, um so mit unseren Eltern die Rollen tauschen und unsere Kindheiten wiederholen zu können. Wir schienen zwei Hälften, die einander vervollständigten, um in einem Kind zusammenzuwachsen.

Doch darin lag der Trugschluss. Wir vervollständigten uns, weil wir gegensätzlich waren; was uns fehlte, machte uns aber nicht gleich. Ich war es, der ihr Schmerz zuzufügen hatte, um sie aus ihrer Selbsterniedrigung zu holen; wo dies für sie Mittel zum Zweck war, um Körperwärme fühlen zu können, kribbelnde Haut, die sich mit Blut füllte und dehnte, um endlich Atem zuzulassen, verengte sich in mir jedoch alles immer mehr, weil ich entdecken musste, dass ich immer mehr Lust daran fand, ihr Schmerzen zuzufügen, sodass ich darüber zutiefst erschrak. Und ich war es auch, der sie malte, während die runde Plattform, auf der sie uns Modell saß, sich weiterdrehte. Allmählich erhielt sie Kontur und Form, eine zeitlose Figur; ich aber wurde beständig mit dem konfrontiert, was sich in jeder ihrer Posen ausdrückte, was hinter ihrer Maske zu sehen war, was die Ursache war für diese Gewalt, diese Schönheit, für den Riss, der durch sie lief. Sodass auch ich der Frage nicht länger ausweichen konnte: wer bin ich eigentlich?

Hier steigen gerade Fetzen eisigen Nebels auf; einzig der Park mit seinem Kiesweg und dem Teich steht bis zum Wall der Taxien im Licht, die Tropfen am Laub vor dem Fenster aufglänzend.

Eine zeitlose Figur, habe ich geschrieben, doch das war falsch. Wahr ist das eine oder andere Detail an ihr, der Rest eine Projektion: ist nicht gerade das ›Kunst‹? Dem, was man zu ahnen glaubt, Gestalt zu geben? War nicht gerade das für deine Mutter ›Liebe‹?

Ihr Verlangen danach, dass ich das Zerbrochene in uns zu einem Ganzen, dieses Bruchwerk der Welt zu einem Gebäude zusammensetze, es täglich mit Beweisen meiner Zuneigung bekräftige – damit wir es abends in stillschweigendem Einverständnis wieder zerschlagen konnten. Aus nichtigsten Anlässen ging sie auf mich los, erst mit Worten, ohne dass ich sie zu beruhigen verstand, um mir dann alles nachzuwerfen, was gerade in Reichweite war, egal, wo wir uns gerade befanden, in einem Restaurant, wo mir nichts blieb, als mir den Wein vom Gesicht zu wischen, oder beim Nachtisch zuhause, wo sie mit Fäusten auf mich einhämmerte, dass ich sie zurückdrängen musste, um nicht selbst handgreiflich zu werden, mir vor Zorn die Wange zerbeißend.

Heute erscheint es mir unvorstellbar, wie ich so lange blind an deiner Mutter festhalten und die Warnungen meiner Bekannten in den Wind schlagen konnte; sie merkten bereits daran, dass wir uns völlig von ihnen abschotteten, in welchem Wahn wir befangen waren. Und irgendwann wollte deine Mutter dann nicht mehr weiter und blieb nachtseits stehen, dich nicht mehr aus den Armen lassend; während ich immer weiter ins Leere lief und schließlich in dieser Anstalt landete, wo mich die Wärter nun am Ausgang hindern, die Schweizer Berge irgendwo dahinten in diesem verhangenen Tag. Doch die Vorwürfe, die ich mir mache, sind müßig: wie anders hätte ich zu mir finden sollen?

Der Nebel hat nun die Kante der Berge überdeckt, die Sonne in den Wolken milchig zerronnen; doch was er grundiert, ist eine Seelenlandschaft, eine Karte einzelner Stationen vom Erwachen über Hoffnung und Erstarrung, Ekel und Grübelei, bis hin zu Groll und Zorn, die dem Sein eine Richtung verleihen.

Deiner Mutter zu verzeihen, so weit bin ich noch nicht. Doch was heißt Schuld? Wie das Böse ist sie bloß ein zum Begriff erhobenes Adjektiv, reine Zuschreibung, die als etwas Eigenständiges ausgegeben wird. Hat deine Mutter dich mir nur aus Zerstörungslust entzogen? Oder um sich zu retten? Weil sie es für das beste hielt? Oder aus gedankenlosem Egoismus? Egal, ob ich darin etwas Dämonisches sehe, ihr vorhalte, zu meiner Demütigung unsere Tochter instrumentalisiert zu haben, einem abwegigen Ideal anzuhängen, oder es als schiere Dummheit betrachte, es erklärt nichts – damit wird das Handeln deiner Mutter jedesmal nur so dargestellt, als ließe sich die Verantwortung auf äußere Gründe schieben. Doch einmal richten darüber, das wirst du.

Nichtsdestoweniger weiß ich, dass unser Wunsch nach einem Kind rein war und jede Sehnsucht zutiefst gut; wie also konnte daraus Böses erwachsen? Kraft der Schwäche. Und da ich auf meine Art weit haltloser war als deine Mutter, habe ich Schuld auf mich geladen. Indem ich glaubte, deine Mutter ließe sich aus meinem Leben tilgen. Das einzige, was dadurch bewirkt wurde, ist: sie ist mir nun näher als je zuvor.

Reden wir also nicht von Schuld, zumindest so lange, wie diese plötzliche Klarheit der Gedanken anhält. Sagen wir lieber, dass ich mich dir gegenüber im Irrtum befand. Und dass er uns so lange auf Abwege führt, bis wir irgendwann in die Nähe einer Wahrheit geraten.

Wie oft bin ich den Pfad hinter dem Hauptgebäude den nun schneebedeckten Hügel hinaufgestapft, an dem Mühlstein vorbei, der als Vogelbad dient, ohne ihn wahrzunehmen? Doch dann war dieses Licht, das durch den Nachmittag und die grauen Buchenstämme drang, die Molasse des Steins rötlich aufleuchtend, runde Kiesel aneinandergepresst, grün sich auffiederndes Moos im Rauhen, die Kuhle voll schmelzendem Eis, das in diesem Streifen der Sonne blinkte. Und da fühlte ich, dass ich, gleich wie bedroht ich mich wähnte, plötzlich inmitten eines unaussprechlichen Glücks stand. Ich wanderte vom Gemäuer der alten Mühle hinein in den Tobel zum Bach, wie ich es jeden Tag tat, weit weg von all den Morgen, und verspürte jene Stärke, die sich ergibt, wenn man einwilligt in das, was ist, weil man es nicht mehr zu ändern vermag. Ich nahm meine Schwächen und Eigenarten hin, akzeptierte, dass ich allein war, und wusste, dass ich die Lügen nun Schicht um Schicht abtragen musste, damit unter gleißnerischen Farben die Wahrheit zum Vorschein kam.

Warum aber habe ich diesen abgeschliffenen und rissigen Mahlstein erst jetzt gesehen? Weil ich ihn auf die eine oder andere Art zu nehmen und diesen

Berg hinaufzurollen habe? Oder weil mein Vater die Molasse, aus der er gehauen war, Herrgottsbeton genannt hat?

VIERUNDZWANZIG

Da ist zwar die Linierung dieser Blätter und die vorgegebene Folge von Subjekt, Prädikat und Objekt; dennoch laufen mir die Sätze über den Randstrich hinweg.

Molasse war auch die Geschichte meiner Eltern, das wenige, was ich davon erfuhr; ein Konglomerat aus Kies und Geröll, das allein von der Zeit zusammengehalten wurde. Mein Vater war ein Donauschwabe, dessen erste Ehe kinderlos geblieben war; gegen Ende des Krieges wurde er als Nazi-Kollaborateur an den Pranger gestellt und als Gutsherr enteignet. Seine Frau kam dabei um; wie, wollte er nie sagen – kam ich darauf zu sprechen, wich er aus, seine stets rastlosen Finger im Schoß verkrampfend.

Ihm war knapp die Flucht nach Deutschland gelungen, mitsamt der Knechtsfamilie seines Hofes, zu der meine spätere Mutter gehörte. Waren Titos Partisanen als Befreier aufgetreten, um den ganzen Landstrich brandschatzen zu können, erzählte mein Vater, behandelte man sie an ihrem süddeutschen Zufluchtsort, als hätten sie Aussatz. Wer rund um Freudenstadt einen Hof besaß, lebte wie eine Made im Speck; bettelnde Flüchtlinge dagegen wurden mit Hunden vom Gatter verjagt.

Da mein Vater als einziger einen deutschen Namen trug, legalisierte die Heirat mit meiner Mutter den Status dieser Gruppe von Kriegsvertriebenen. Dass es sich dabei um eine Zwangsehe gehandelt hat, glaube ich nicht: ungeachtet des großen Altersunterschiedes leuchten die Gesichter auf dem ergrauten Hochzeitsfoto, die stolzen Züge meiner Mutter, die für eine Knechtstochter ungewöhnlich fein waren, das scharfe Profil meines Vaters, der hingebungsvoll zu ihr aufsieht.

Keine Woche später fraß sich das Feuer in das Rathaus im Hintergrund, an allen Ecken angezündet von de Lattres Armee, die sich dafür rächte, dass hier das Führerhauptquartier für den Frankreichfeldzug errichtet worden war; Freudenstadt musste brennen, drei Tage lang, es gab kein Wasser mehr, man ließ nur Gülle zum Löschen und holte sich die Frauen, zu Hunderten. Meine Mutter aber spricht nur von dem Keller, in dem sie jahrelang lebten, während mein Vater erst reden wollte, wenn es um den Wiederaufbau der Stadt ging und inwieweit man dem alten Plan treu geblieben war.

Ich war ein Spätgeborener; ich lernte meinen Vater als alten Mann kennen, dem jedes Toben schnell zuviel wurde. Er war es, der die Familie zusammenhielt, auf seine patriarchalische Art gütig und zugleich meiner Mutter ergeben, deren Härte mir gegenüber aus der Armut resultierte, mit der sie groß geworden war. Meinen Vater aber machte sie sich hörig, indem sie ihm jene bedingungslose Hingabe abverlangte, die ihr der gerechte Preis für die Jugend erschien, die sie ihm zweifellos schenkte.

Liebe, wie ich als Kind lernte, wollte deshalb stets von beiden Seiten erworben sein: Lob gab es kaum, Geschenke wie ein Fahrrad oder meine ersten Malutensilien mussten zuvor durch schulische Leistungen abgegolten werden. Trotzdem empfand ich diese Strenge nie als ungerecht: obwohl ich mich in allem beweisen musste, war ich mir des Rückhalts meiner Familie immer sicher. Sie hätten es zwar nie so ausgedrückt, schon aus der ihnen eigenen Demut heraus, doch ihr elftes Gebot war, dass alles, was uns nicht umbringt…

So nachvollziehbar dies in Anbetracht ihrer Geschichte sein mag, ist mir erst jetzt bewusst geworden, dass sie dadurch etwas an mich weitergaben, was mir zum Verhängnis wurde. Heißt Erziehung wirklich nur, die Widerstände, die man selbst zu überwinden gelernt hat, wieder für seine Kinder aufzubauen? Als wären sie das Einzige, was Halt verspricht. Weshalb sonst hätte ich mich in deine Mutter verliebt, um mich als Mensch wahrgenommen zu fühlen, in einer ewigen Wiederkehr des Gleichen befangen, aus der man sich schließlich nur gewaltsam zu befreien vermag?

Die Reise mit Kim war davon noch unbelastet. Vor dem Treffen mit dem Verleger waren wir für ein paar Tage in den Osten Kroatiens gefahren, in jenen Teil Branaus – wie mein Vater sein Heimatland weiterhin ungebrochen nannte –, wo die schwäbische Türkei beim alten Esseg in die Kopatscher Au übergeht. Mit mir hatte meine Mutter stets lieber kroatisch gesprochen, obwohl sie meinem Vater gegenüber bei ihrem stark akzentuierten Deutsch blieb; und so fragte ich mich zum vormaligen Gut meiner Eltern durch. Was ich mir davon erhoffte, war ein Anknüpfungspunkt, etwas, das Teil meiner Geschichte war, ohne jedoch an ihr Anteil gehabt zu haben: so als vermöchten neue Gewissheiten einzig an Orten zu beginnen und nur kraft ihrer auch Wirkungsmacht zu gewinnen.

Ein alter Förster, der mit dem Niklashof noch etwas verbinden konnte, wies uns den Weg. Am Ende einer Schotterstraße ließen wir das Auto stehen und folgten einem sich durch Eschen und Ulmen windenden Pfad. Den Erzählungen meiner Eltern nach, hatte ich mir ein vergessenes, vollständig vom Wald verschlungenes Dorf vorgestellt, die Flächen der Äcker und Felder aber waren noch klar zu erkennen, es breitete sich nur ein wenig buschiger Wildwuchs aus; die Armaturen und das Linoleum der zerstörten Häuser mit ihren Einschussreihen hingegen waren jüngeren Datums.

Vom Gut meines Vaters oben auf der Hügelkuppe reichte der Blick weit über die Wipfel zu sich windenden Flussarmen, die zur Drau oder zur Donau führten, Wasser aufschimmernd zwischen Riedgras und

Schilf; sie schnitten eine Insel aus dem Land, einem im allmählichen Untergang begriffenen Eden gleich. Wir standen im Licht dieses Vorabends, der sich golden über die Kronen und abgestorbenen Äste dieser Landschaft legte, welche für mich nur deshalb weniger fremd war als für Kim, weil ich in ihr einen Ursprung sah, eine verlorene Heimat, auf die sich noch ein letzter Blick erhaschen ließ. In einem der Häuser musste meine Mutter groß geworden sein, dort waren die Scheunen, wo ihre Brüder gearbeitet hatten, hier oben der herrschaftliche Bau, die abgeblätterten Tapeten des ›Musiksalons‹, an dessen Decke die Stukkatur um den verschwundenen Kronleuchter noch nicht vom Schimmel geschwärzt war, auf dem Boden der von den Ziegeln gesprungene Verputz. Auch die Weinstöcke waren noch da, die mein Vater vergeblich aufzuziehen versucht hatte, schwarze Holzknoten im hüfthohen Gras.

Ich nahm Kim in den Arm, und sie legte ihren Kopf auf meine Schulter, geborgen wir beide, an einem Ort, der nunmehr uns zu gehören schien, über uns das ineinander gestaffelte V eines riesigen Schwarms von Gansvögeln, die nach Süden zogen, das Rauschen ihrer Flügel so laut, dass sich danach vollkommene Stille auf alles legte, die erst nach und nach rissig wurde und in sich zusammenfiel. Dann gingen wir durch den Ansitz, der sich über hundert Jahre im Besitz meiner Familie befunden hatte, ohne dass die Trostlosigkeit dieser Ruine mit den Salzrändern an den Mauern und den durch die Fenster wachsenden Roteichen ihrem

Überdauern etwas genommen hätte; ich fand einen Knopf und eine verrostete Patronenhülse, die ich einsteckte. Die Knechtshäuser dagegen waren ausgeweidet, gestockte Flecken an den Wänden und am Boden, herausgerissene Installationen, zerschlagenes Glas und Plastikmüll.

Wir übernachteten in einer Pension, wo das Wasser brackig aus dem Hahn rann und Mücken uns plagten. Der Wirt konnte uns mehr über das Anwesen erzählen, obschon vieles bloß Gerücht war. Früher hätte dort, meinte er, eine Sekte gelebt, die Besitz und Ehe ablehnte, alles miteinander teilte, auch die Frauen, sich im Paradies glaubte und nackt umhersprang – was er mit größtem Vergnügen noch weiter ausschmückte. Ich musste laut lachen, nicht einmal, weil das so ganz und gar nicht zu meinen Eltern gepasst hätte, sondern weil ich mir beide in diesem Zustand der Unschuld vorstellte, von Mückenstichen übersät.

Glaubhaft schien eher, was er vom Krieg vor zwanzig Jahren berichtete, als serbische Freischärler mit Booten über den Fluss kamen und die Bauern umbrachten, die das sumpfige Land bestellten, zuerst Männer und Kinder, die Frauen zuletzt, jede Woche eine, wie es hieß. Erst nach der Schlacht von Vukovar war der Landstrich von unserem Militär wieder befreit worden: die nach dem Sturmangriff noch am Leben waren, sagte er, haben wir an die Bäume genagelt. Mehr Worte verlor er darüber nicht.

Auch meine Eltern nicht. Sie waren nie mehr zurückgekehrt, Vater die eigene Erinnerung ebenso sehr fürchtend wie die Verbitterung der kroatischen Nachbarn, Mutter das Gedächtnis an ihre Jugend ohnehin verdrängend. Nun jedoch von der Rückeroberung des Gutes erzählt zu bekommen, zu hören, dass alte Grenzen wiederhergestellt worden waren, erfüllte mich mit Genugtuung, mehr noch: dem Gefühl der Rache. Als wäre ihnen nun endlich Gerechtigkeit widerfahren und eine Vertreibung gesühnt, um die – je mehr sie stillgeschwiegen wurde – das Leben meiner Eltern gekreist war.

Eine Vertreibung, die sich auf mich übertragen hatte. Verleumdet und verjagt, missverstanden und missbraucht, sahen sie ihr Leben als etwas, das entgegen aller Widerstände verwirklicht werden wollte, weshalb sie mir die gleiche Hartnäckigkeit abverlangten. Unter ihrer Obhut groß zu werden hieß, sich um eine Anzahl von Verben herum zu artikulieren, essen, trinken, wohnen, sich anziehen. Ihre Armut war ein steter Anlass, zu handeln und sich um das zu kümmern, was gerade am dringlichsten schien; jedwede Beziehung baute deshalb auf einem Wenn-dann auf.

Dieser Katechismus aber führte mich ins Leere, in das beständige Gefühl eines Mangels an Nähe. Und nach dem Tod meines Vaters, der dem Krebsleiden meiner Mutter nur um ein Jahr vorausging, sah ich mich in einen Raum geworfen, in dem nichts mehr Gültigkeit beanspruchen konnte, als hätte ich mit ihrem Tod jeden wirklichen Bezug zu anderem verloren. Statt mich Stärke zu lehren, hatten sie meine Schwächen bloßgelegt.

Da es mir an Halt fehlte, hatte ich mich an ein Stipendium geklammert, das mich nach Paris brachte, und aus derselben inneren Unsicherheit dann an deine Mutter – ohne wahrhaben zu wollen, dass nichts auf mich wartete, nichts. Bis du zur Welt kamst und die Nähe zu dir mich zwang, alles neu zu überdenken, Stellung zu beziehen: was mir unendliche Möglichkeiten zu eröffnen schien. Weil ich jedoch von meinen Eltern gelernt hatte, nie aufzugeben, machte mich das zu einem schlechten Verlierer: ich hätte ablassen sollen, selbstgewiss, meiner und unserer Liebe sicher, dich aufgeben; ich hätte dich später sicherlich zurückgewonnen.

FÜNFUNDZWANZIG

Von welcher Seite ich meine Geschichte auch betrachte, sie spiegelt mich immer gleich; und doch muss ich auch ein anderer sein.

Etwas war zerbrochen, und nicht erst an diesem Tag. Meine Liebe zu Kim, der etwas Vergebliches anhaftete, meine Arbeit, die zur Bedeutungslosigkeit verkam, der Geburtsort meiner Familie, der mich in eine Geschichte führte, die keine Vergebung kannte, du, vor allem aber deine Mutter und all die Tage des Taktierens und Lavierens – sich darauf hinauszureden scheint im Nachhinein unglaubwürdig. Und doch ist es die einzige Erklärung für das, was sich binnen eines Moments Bahn brach, der Grund, weshalb ich am Ende in Milan mit seiner kruden Gewalttätigkeit einen Nothelfer sah. Als hätte er bereits stellvertretend Vergeltung für das Schicksal meiner Eltern geübt und würde nun auch meines auf sich nehmen, einer Erlösergestalt gleich.

Kim und ich standen mit dem Verleger bereits vor dem Auto, als ich mich entschuldigte und, jeden Zweifel verdrängend, noch einmal zurück ins Haus ging. Ich zog das Foto deiner Mutter aus der Geldtasche, das ich bis dahin nie herausgenommen hatte, schrieb ihre Adresse auf die Rückseite und drückte es Milan in die Hand.

Die Liebe zu seiner Tochter vor Augen, sagte ich zu ihm auf kroatisch einen Satz, den ich vor dir, meiner Tochter, jetzt nicht wiederholen will, wiederholen kann. Er hob nicht einmal die Brauen, als hätte er über mich immer schon alles gewusst; mein nachdrücklicher Tonfall überraschte ihn genauso wenig wie das Eingeständnis, dass ich seiner Sprache durchaus mächtig war. Wir wechselten einen langen Blick, den er mit einem unmerklichen Nicken zu quittieren schien.

Im Auto dann, meine Finger um Kims Knie gepresst, dachte ich an den Briefumschlag mit meinem Honorar, und dass er noch immer auf dem leeren Stuhl lag.

In unserem Zimmer im Gästehaus riss ich Kim die Kleider vom Leib, leckte an ihren Ohren, dem Hals, sparte den Mund aus, um sie hinzuhalten, die Nippel, biss mich in ihrem Bauch fest, mein Schwanz halb schlaff vom Wein, dass sie ihn hart zwischen die Finger nehmen musste. Ich leckte alles Fremde an ihr ab, um darunter ihren Schweiß zu schmecken, die winzigen Perlen auf ihrer nach Laub riechenden Haut, fiebernd und befreit, Kim zum ersten Mal nicht mehr verhalten, sondern laut, Worte herausbrechend aus ihr, dass ich mich wie ein Mann fühlte und immer härter in sie stieß, ohne Lust zu spüren, nur Kraft und ein sich Verausgaben des Körpers, sich in der bloßen Bewegung erschöpfend, Kims Arme um mich gekrallt, ihr Atem schneller werdend, bis sie mich plötzlich wegstieß, die Beine anzog, sich aufrichtete und den Oberkörper an die Wand stützte, zuckende Gesten der Abwehr mit beiden Händen, als könne sie nicht mehr, als ertrüge sie nicht mehr an Reiz, dass mich blanke Befriedigung erfüllte.

Ich drehte mich auf die Seite, spürte ihren Atem ruhiger werden, ihre Brust sich schließlich im Schlaf heben und sah zum offenen Fenster hinaus, satt und erwartungsvoll, sah die Nacht sich allmählich aufhellen, die Vordämmerung die Reben randend bis hinauf zum Kamm, und hörte plötzlich ein großes Tier durch die Büsche brechen, stand auf und sah seinen Rücken, fahl weiß, die Luft eisig an meinen Oberarmen, herabsackend wie Äther. Es war das letzte Mal, dass ich mit einer Frau geschlafen habe.

SECHSUNDZWANZIG

Könnte ich noch malen, ergäbe alles zusammen vielleicht ein Bild; so aber bleiben diese Seiten ein Palimpsest von abgeschabten und wieder neu angesetzten Skizzen.

Wir verließen das Gästehaus frühmorgens, um uns nicht verabschieden zu müssen, und fuhren über die Grenze. Mich erleichterte es, dieses Land hinter mir zu lassen: und solange wir im Auto saßen, befanden wir uns in einem Irgendwo, in dem ein neuer Anfang möglich schien. Wir redeten miteinander, angeregt, Kim froh, diese verpflichtenden Tage überstanden und mich nun ganz für sich zu haben, ich von allem Lastenden befreit. Während sie lenkte, streichelte ich ihr Haar.

Wir hielten erst kurz nach Triest, parkten das Auto in einer Kurve und stiegen die Felsen zum Strand hinab. Hinter uns bot sich der Karst in seiner Kargheit dar, Glast über den Wellen, der Horizont gleißend. Wir stiegen ins Wasser, hechteten ausgelassen über die anrollenden Kämme, ohne uns von der Kälte abschrecken zu lassen, Salz im Rachen, das Blut bis in die Spitzen unserer Glieder pochend, Kim so kindlich aufgeregt wie je, wenn sie am Meer sein konnte. Dann legten wir uns erschöpft auf den Kies, zwei weiße Körper, fröstelnd im Nachmittag, dem Geruch der Pinien, Kim mit geschlossenen Augen, meine Lider hell von der Sonne, die noch über dem Wasser stand.

Wir nahmen das nächstbeste Hotel neben der Straße, Fahnen aller Herren Länder auf den Zinnen, schwere Teppiche im Foyer, setzten uns auf die Terrasse, verschlangen Erdnüsse und Oliven, die man uns zum Aperitif gebracht hatte, und schauten an einem Leuchtturm vorbei auf die Stadt, die sich hinaus zur Landzunge schob. Im Zimmer mit seiner hohen Decke und den Bettpfosten aus Messing streckten wir uns aus und dösten, die Lust ansparend für später. Der Wind hatte sich ein wenig gelegt, der Lärm durchs offene Fenster lullte ein.

Kim griff sich ein Buch und ging hinunter, um vor dem Essen noch ein bisschen zu lesen. Nicht lange nachdem sie zur Tür hinaus war, stand ich auf, und so selbstverständlich, als würde ich auf meinem Block eine Linie ziehen, ritzte ich mich. Ich war ganz ruhig dabei und wurde mit jedem Schnitt noch ruhiger, ließ nur Hände und Gesicht aus, damit die Kleider alles verbergen konnten. Die Glühbirne warf über die Kacheln und verzinkten Armaturen ein gelbes Licht, das alles aufsog. Seidige Blutstropfen traten aus den Schnittstellen, aber ich spürte kaum etwas, obwohl ich mich manchmal wandte. Der Schmerz war diskret, er kam und ging, während ich irgendwo tief in mir war, unberührbar. Obwohl all dies wie in Gedanken geschah, ich nie zuvor daran gedacht hatte, fühlte ich mich stark, war vielleicht das erste Mal eins mit mir, in einem einzigartigen Gefühl: der Schmerz ging in ein friedvoll abgehobenes Schweben über, in dem sich alles verflüssigte.

Erst als ich das Rot mit dem Handtuch abwischte, überkam mich ein Anflug von Angst; mein Atem ging immer schneller, Panik ergriff mich, als ich merkte, dass ich nass vor Lymphe war. Die Wunden begannen zu brennen; ich ließ das Messer fallen und drehte die Hähne auf, um die Badewanne zu füllen; ich wollte wieder sauber werden, mich ins Bett legen. Die verengten Gefäße öffneten sich, das Wasser färbte sich scharlachrot, als ich die Tür gehen hörte. Kim steckte den Kopf herein, ich sah zu ihr auf.

Ich kam mir unsäglich dumm und hilflos vor, während sie mich abtupfte. Alles war unbewusst vor sich gegangen, nicht Ausdruck irgendeines Todestriebs, eher ein Ritual, das mir eine seltsame Kraft verlieh, um mir über die Zeit davor und die Zeit danach hinwegzuhelfen – und nun hielt ich daran fest, umklammerte Kim und schlief in ihren Armen ein. Stechenden Schmerz spürte ich erst am Morgen, als ich mich wieder von ihr löste; die verschorften Wunden brachen auf, hinterließen auf ihrem Körper dunkle Striche, ein halb verwischtes Sgraffito, obszön auf ihrer makellosen Haut.

Unsere Tage waren gezählt; Kim setzte ihnen ein Ende – ich war gewogen und für zu schwer empfunden worden. Ich verstand sie nur zu gut. Kim hatte das Menetekel meines Lebens drei Jahre lang mitgetragen; und als ich es, um es ihr zu erleichtern, mit Gewalt zu beenden suchte, war ich ihr erst ungreifbar und schließlich unbegreiflich geworden.

Wir trennten uns bald darauf, ohne große Worte zu machen, ich befreit von der Last, ihr verbergen zu müssen, was mich hinunterzog in einen eisigen Atlantik, mir jeden Tag mehr Luft raubte. Vielleicht ist das Bild, das ich dir von ihr geben kann, deshalb so blass, weil ich mich immer noch weigere, all die in sie gesetzten und schließlich vergeblichen Hoffnungen weiter auszumalen. Oder weil wir uns letztlich fremd geblieben sind, denn im Grunde – da gab es nur dich. Ich weiß, was ich getan habe; doch ich werde nur stückweise damit fertig.

Mein Blutbad, sagt der Arzt, sei nichts Ungewöhnliches: »Es stellt ein selbst-destruktives Verhalten dar, mit dem sich der Körper durch endogene Opioide Ausweg aus einem dissoziativen Zustand verschafft.« Sic. Um nicht mehr die Welt durch ein dickes Rundglas zu betrachten und daran denken zu müssen, wie deine Mutter in den Saal gerollt wurde und man schließlich das Tuch über sie breitete. Vielleicht auch, um dir nahezukommen, wie der Arzt bei seiner Visite beiläufig meint, während er mich aus dem reichhaltigen Schatz von Maximen versorgt, den er sich zweifellos bei seinen Seminaren angehäuft hat.

Leichte Eitelkeit spielt dabei um seine Mundwinkel, als erwarte er sich von mir Lob ob seiner Bildung und all der Maximen, die er mir als Kopfzeilen verabreicht. Die schweren Dosierungen hingegen überlässt er lieber den Pflegern, die mir, statt Worte in den Mund zu legen, Tabletten in den Rachen schieben, um mich ruhigzustellen, und warten, bis ich sie heruntergeschluckt habe. Schock, Aufbegehren und Verleugnung und schließlich Distanzierung: von diesen Stadien bin ich im ersten verblieben.

Doch ich glaube, ich wusste bereits damals, dass meine Ritzungen einem Sühneopfer glichen, durch das man sich einmal die göttliche Erlaubnis für ein geplantes Vorhaben einholen konnte. Um bereits mit der Buße dafür zu beginnen.

SIEBENUNDZWANZIG

Das hier habe ich ebenfalls in einem meiner alten Hefte gefunden; die stenographierte Mitschrift einer alten Vorlesung:

> Im Spiegel seines Ichs stehen dem Menschen die eigene Willensfreiheit und das persönliche Fatum als Kontrahenten gegenüber. Das Fatum ist zwar mächtiger als der freie Wille einzuschätzen, dennoch darf zweierlei nicht übersehen werden: Fatum nennt sich eine Kette von Ereignissen, die der Mensch schafft, sobald er handelt, Taten, die von ihm selbst bewusst oder unbewusst veranlasst wurden, nicht erst mit seiner Geburt, sondern vielleicht schon – wer kann hier entscheiden – von seinen Eltern und Voreltern.
>
> Die Idee des freien Willes hingegen ist ein bloßes Abstraktum, um die Möglichkeit eines bewussten Handelns auszudrücken – während unser unbewusstes Handeln vom Fatum geleitet wird. Da sich das bewusste Handeln meist auf etwas richtet, das uns noch nicht klar vor Augen

steht, schwindet damit letztlich die strenge Unterscheidung zwischen Fatum und freiem Willen: und beide Begriffe verbinden sich zur Idee der Individualität.

In der Willensfreiheit liegt für ein Individuum das Prinzip der Absonderung, der Lostrennung vom Ganzen, der absoluten Unbeschränktheit; das Fatum hingegen setzt den Menschen wieder in Bezug zum Ganzen und nötigt ihn, indem es ihn zu beherrschen sucht, zur Gegenwehr. Eine absolute Willensfreiheit ohne Fatum würde den Menschen zu Gott, das fatalistische Prinzip allein ihn zum Automaten machen.

ACHTUNDZWANZIG

Ist es eine Beichte, die ich hier ablege? Dann jedoch nicht vor Gott, und auch nicht, um Vergebung zu erbitten, sondern um dich loszusprechen.

Ich habe nie mehr dieses Gefühl inneren Friedens erreicht wie in dieser einen Stunde, in der ich endlich den Mut aufbrachte, zu handeln. In dem Augenblick, wo ich das Kerbmesser nahm, zog sich alles, was mich von außen bedrängte, auf der Fläche meines Körpers zusammen: als wäre er eine Kupferplatte und dies die Gravur eines Stichels, winzig rote Späne sich aufringelnd. Es war ein Blutfluss, der allein durch die Nähe des Todes möglich wurde.

Ich radierte all die falschen Anschuldigungen deiner Mutter aus, mit denen sie mich in unserem Sorgerechtsstreit überhäuft hatte, um dich mir wegzunehmen, das mir angetane Unrecht, meine die Seele verätzende Ohnmacht, und bekräftigte diese Phantomhandlung, mit der ich Milan tags zuvor gedungen hatte, durch etwas Reales: indem ich meinen Körper markierte. Mit jedem Schnitt bestrafte ich mich selbst;

zugleich aber war es ein Versuch der Heilung, das Aderwerk von innen nach außen gekehrt.

Geblieben sind mir die Narben auf den Schenkeln, auf Bauch, Hals und Handgelenk als fühlbare Zeichen der Trauer. Als Trophäe, Talisman, beständige Erinnerung. Ich betaste manchmal den fleischigen Grat am Innenarm, um zu spüren, dass ich einen Strich unter alles gezogen habe. Dennoch entgeht mir die Ironie nicht, dass ich mich dadurch auf jene Art verletzte, die deiner Mutter Lust bereitete, dass ich mir selber zufügte, was zu tun ich stets verabscheut habe, ohne in diesem Zerrspiegel einen höheren Sinn zu erkennen. Außer dass ich so erstmals deine Mutter verstand und mich ihr nahe fühlte: doch etwas nachvollziehen zu können, heißt nicht, es zu entschuldigen.

Obwohl Kim es nicht offen sagte, war diese Tat für sie ein Zeichen von Schwäche, schlimmer noch, ein Tabubruch. Sie war mit einem Ethos groß geworden, der einem Gleichmut auferlegte, ohne an eine übergeordnete Instanz zu appellieren oder darin jene Verwandlung zu sehen, wie sie das Kruzifix darstellt. Ich habe ihr Land, ihre Eltern, ihr altes Leben nie kennengelernt, sie schob einen Besuch immer wieder hinaus; trotzdem hatte ich den Eindruck, dass in diesem Kreis nur derjenige Anspruch auf Respekt hatte, der äußerlich stoisch blieb. Das Zurschaustellen von Schmerz verriet einen Mangel an sittlicher Anstrengung – Mitleid war reserviert für jene, die sich nicht selbst helfen konnten, Kranke und Kinder. Kims sanfte Gesten unmittelbar nach der Tat waren Ausdruck davon; als Mann aber ging ich ihr dabei verloren.

Zurück in Paris, die Arme steif, die zugeknöpften Hemdsärmel unwillkürlich mit Fingerkuppen ans Handgelenk pressend, stand ich an der Schwelle zu unserer alten Wohnung, um dich zu sehen. Ich wusste, dass es nicht mein Tag im Monat war, aber ich versuchte es trotzdem, weil ich erleben wollte, wie deine Mutter die Tür vor mir zuschlug. Gewissensbisse hatte ich keine, ich brauchte diese Bestätigung, um auch den allerletzten Zweifel auszuräumen, mehr noch, um Befriedigung zu empfinden, eine imaginäre Genugtuung; in mir rollte eine Vorstellung ab, die ich mir in immer wieder neuen Szenen ausmalte: Milan, Milan, Milan.

Als deine Mutter öffnete, waren wir beide von meiner Freundlichkeit überrascht; sie kam mir über die Lippen, als wäre nie etwas zwischen uns gewesen, die Begrüßung, die Frage, wie es ihr gehe, was ihr die letzten Tage unternommen hättet, sogar ein Scherz rutschte mir heraus, ohne dass eine Silbe falsch geklungen hätte. Verdutzt stammelte deine Mutter ein paar Worte und sah zu Boden. Und da wusste ich, dass es nun ausgestanden war, mehr noch: dass ich jetzt Macht über sie hatte, und es überkam mich ein Gefühl von Glück, obwohl ich wieder umdrehen musste, ohne dich gesehen zu haben.

Tags darauf zog Kim aus; ich aber lebte die nächsten Wochen in einer Vorzukunft, in der mir nichts mehr etwas anhaben konnte. Ich malte, wieder und zum letzten Mal, mit ungeahntem Furor. Louis war mein allabendlicher Saufkumpan; wir saßen in der Küche, die nach Kims Auszug kahl war; seine Gegenwart war mir eigenartigerweise angenehm, obwohl ich wusste, dass er nun mit deiner Mutter zusammen war, ab und an. Dennoch horchte ich ihn nicht aus; ich fragte nur nach dir. Was zwischen ihm und deiner Mutter war, brauchte ich gar nicht zu hören; ich hatte nun überall meine Strohmänner – und da Louis bei deiner Mutter inzwischen zu meinem Stellvertreter geworden war, konnte ich endlich Ich sein.

Die meiste Zeit betrunken, hatte ich mich aber noch hinreichend im Griff, um ihm nicht die Übereinkunft mit Milan zu gestehen; dagegen erwähnte ich das Debakel mit meinem Verleger und erzählte schließlich von meinen Ritzungen, in einem unbeteiligten Tonfall, als berichtete ich von einem Fremden. Erst wenn uns nichts und niemand mehr zu beschuldigen bleibt, bezichtigen wir uns selbst; hilflos versucht man dann, über das einzige zu bestimmen, über das man noch bestimmen kann: über sich selbst.

Vielleicht erschreckte mich die Milan überlassene Tat auch deshalb so viel weniger als irgendeine vorsätzliche Handlung: denn so würde es stets nur ein Todesfall bleiben. Ohne nachweisliches Motiv. Ein Ergebnis des Zufalls, etwas Fremdbestimmtes. Indem eine Verkettung von Umständen für den Tod deiner

Mutter verantwortlich war, betraf er mich nicht mehr. Ich hatte ihn gewissermaßen einer eigenmächtigen Aleatorik übertragen: dem Schicksal anheim und vor die Tür gestellt. Wie mich diese Vorstellung befriedigte, ja befriedete. So süß. Jedesmal die Erinnerung daran, wie ich Milan gegenüberstand, wir uns ansahen; der Tod in den Augen des anderen. Und dass ich ihn bezahlt, ihn mir gekauft hatte, Kontrolle erlangt und ihn nunmehr zu meinem Handlanger gemacht hatte. Angespannt wartend, ohne zu wissen, wie und wann mich die Nachricht erreichen würde.

Ich weiß, wie aberwitzig dies klingt. Doch von rationalen Überlegungen war ich damals weit entfernt. Kein Gang von Vergebung gekrönt, alle Rechtswege ausgeschöpft, jeder weitere Schritt verwehrt, wurde ich mit dem Verlust deiner nicht fertig. Vielleicht wäre alles anders gekommen, wenn du hättest sprechen können, deine Bedürfnisse artikulieren, deinen Widerstand, auch den gegen mich. Durch deine Stummheit jedoch warst du wie eingewachsen in mir, ging ich gleichsam schwanger mit dir. Ich hatte eine Couvade mit all ihren Sympathieschmerzen, Stimmungsschwankungen, Übelkeit durchlaufen, ja, war sogar dicker geworden – nun aber war ich von diesem Männerkindbett aufgestanden, hatte man dich aus meinem Leib geschnitten. Doch gleich, wo man bei der Eingeweideschau einmal den Sitz der Seele bestimmt, das Übel hatte inzwischen alles zerfressen wie ein Krebsgeschwür, sodass selbst ein Aderlass nichts mehr nützte.

Aber ich konnte noch malen, griff mit den Händen in die Töpfe, zog die Farben auf die Leinwand, bis mir die Fingernägel einrissen, malte dich, zuerst aus dem Gedächtnis, malte dich, wie du älter wurdest, als Mädchen, Frau, Mutter, malte dich liebend und hassend, trauernd und froh, mit den langen Locken, die du bekommen würdest, dem Ansatz von Brüsten, den ersten Falten um die Augen, nackt und in Kleidern, beschmierte meinen Bauch mit Farbe und drückte ihn auf das Weiß, meine Arme und Beine, den Kopf, malte dich mit mir, in mir, aus mir heraus, verlor jeden Abstand.

Ob die Bilder gut oder schlecht waren, kann ich nicht sagen: Auf Louis' Urteil gab ich wenig, und außer ihm zeigte ich sie nicht einmal meinem Galeristen, von dem ich mir ohnehin kein Echo mehr erwartete. Er hatte sich zu oft am Telefon verleugnen lassen; und ihn zu stellen hätte nichts gebracht: ich war unverkäuflich geworden, der Zeitgeschmack verlangte nicht nach Figurativem. Um die Miete zu bezahlen, übernahm ich deshalb gewöhnliche Malerarbeiten und fühlte mich wohl in den Häusern anderer, Möbel und Familienfotos zugedeckt von Plastikplanen, die unvergilbten Flächen der abgehängten Ölschinken mit der Rolle übermalend, eine Schicht von opakem Weiß, der ätzende Geruch des Kunstharzes alles erstickend.

NEUNUNDZWANZIG

Wie sich die Worte drehen und wenden lassen, um in einem Satz dennoch eine Linie, eine Figur zu erhalten. Wie aber schreiben, was zwischen den Zeilen liegt?

Der einzige Mensch, mit dem ich noch ernsthaft reden konnte, war Kim. Die Bedingung, die sie für unsere Treffen stellte, war jedoch, nichts mehr über dich und deine Mutter hören zu müssen. Also sprachen wir über ihre Arbeit, den Entwurf eines neuen Stadtquadrats für Tokyo, zu dessen Ausschreibung ihr Büro eingeladen worden war. Ich konnte dazu kaum beitragen, aber hörte ihr gerne zu, froh um jede Ablenkung.

Der Abstand zwischen uns hatte den Druck aus unserer Beziehung genommen; sie verlangte mir nicht mehr Hingabe ab, als ich aufzubringen vermochte, und begnügte sich mit dem wenigen Vertrauten. Ich bildete mir ein, dass Kim es für eine Auszeit hielt und auf mich wartete, in der Hoffnung, es würde sich alles in mir setzen, meine Depressionen nur Anzeichen eines seelischen Sedimentationsprozesses sein, mit dem ich irgendwann wieder Boden unter den Füßen gewänne.

Wir unternahmen lange Gänge durch Paris, Kim auf der Suche nach Inspiration, ich ihren Worten folgend, irgendeine Anspielung aufgreifend, als wolle sie mir eine Allegorie schildern, deren Figuren für die Architektur des Lebens standen. Sie erzählte von Straßen und Plätzen, die lange jedes Siedlungsmuster bestimmt und die Häuser um diesen öffentlichen Raum angeordnet hatten, Feilspänen gleich um eine magnetische Leere. Dann entstanden Städte, die sich davon isolierten, deren Wohn- und Arbeitsmaschinen das Modell eines idealen, in sich geschlossenen Universums darstellten, der Christianopolis gleich, die mein Vater in der Branau fortzuführen versucht hatte, bis diese Utopie von innen und außen zerschlagen wurde, das Terrain zur Kloake verkommen, von Pest und Cholera verseucht, die Häuser zerfallen. Kim zeigte mir auch, wo Napoleon III. diesen Sumpf trockenlegen und die Île de la Cité aufmauern ließ, um die Stadt in Asterismen anzulegen: Kais und Boulevards als Verbindungslinien zwischen den Konstellationen um die Place de l'Étoile und die Place de la République.

Spazierten wir vom Arc de Triomphe zu den Tuilerien, kreuzten wir die Achsen der Rue de Rivoli und des Boulevards de Saint-Germain und gelangten zu den ›Schlachthallen‹. Ging ich mit dir im Arm über den Pont des Invalides hinunter zum Hôpital Necker, kamen wir zu ›Enfants Malades‹ und zum ›Marsfeld‹. Der Plan der Stadt war einer Sternkarte ähnlich, die sich zwischen zwei neu angelegten Projektionspunkten aufspannte, dem Sakralbau von Sacré-Cœur und dem profanen Monument des Eiffelturms: der Kilometer Null das Zentrum.

Aber auch diese Ordnung ging wieder verloren. Im Osten lagen nun vertikale Plattenbauten, die sich bis nach China erstreckten, im Westen eine bis nach Kalifornien reichende Suburbia von Reihenhäusern, die Stadt sich von jedem Azimut aus erneut auflösend. Sie breitete sich von ihren Haftpunkten amöbenartig aus, ihre Scheinfortsätze alles umfließend, um es in Zysten einzuschließen, ohne irgendeine Art von Zellkern, in dem sich das Wesen der Stadt wiederbeleben ließe. Egal, welche Vergleiche Kim bemühte, ob ein Perpetuum mobile, das Primum movens von Sphären oder das Ektoplasma des Urbanen: alles regredierte und verfiel wieder in einen atavistischen Urzustand. Es gab kein Kontinuum, keine wiedergewonnene primordiale Unschuld, keine neue Vision.

Kim verlegte sich deshalb bei ihrem Projekt darauf, das ›Maskuline‹ – wie sie es nannte – und ›Totalitäre‹ von rechten Winkeln zu umgehen und sozusagen eine weibliche Seite von geschwungenen Linien herauszuarbeiten. Ihre Bauten sollten Puzzleteile sein, die sich nicht ineinander verschränkten, sondern sich verschiedenfarbig zu einer Abfolge von ›Emotionen‹

fragmentierten, um halbkreisförmige Plätze, Parks und Straßenbögen zu ermöglichen, die Fassaden sich um Buchten und Kehren reihend, Inseln gleich im Strom.

Dennoch kam in dieser Topographie aus Beton nur desto deutlicher das Vakuum zum Vorschein, um das sich die Räume unseres Lebens gruppieren. An dieser Leere ausgerichtet, einem zur bloßen Idee geratenen Fluss, werden irgendwelche Planmuster kaum noch erkennbar: dem Babel meiner täglich niedergeschriebenen Seiten gleich, auf denen sich ebenfalls nichts zu einer Einheit von Ort, Zeit und Handlung, einer Fabel fügt. Das Blaupapier des Himmels und der Grundriss der Erde decken sich nicht mehr, ihre Orthographie verzerrt, gegeneinander verschoben, aufklaffend. Dazwischen unsere Existenz: unsicher und vorläufig, im Irrlauf begriffen, jede Tat zum Scheitern verdammt. Zerbrochen all die Entsprechungen und Symmetrien, verloren die Parallelen, die sich zumindest im Imaginären schnitten, abgekappt jede Entwicklungslinie. In der Evolution der Städte lässt sich ebenso wenig ein Gesetz erkennen wie in der Geschichte meiner Familie: was meine Eltern miteinander, was mich mit ihnen und mich mit dir verbindet, ist bloß die Aleatorik von Chromosomen.

Auch du wirst dich nicht in den zwei Fremden wiederfinden, deren Gene du teilst, die sich in dir rekombiniert und mutiert haben. Wann hat deine Sprachverweigerung wohl aufgehört? Was deinen Mutismus schließlich überwunden? Ein Therapeut wie meiner?

Der mich dazu zwingt, im Nachhinein etwas festzuschreiben, was allenfalls eine Ahnung dessen gibt, was mich dazumal umtrieb... Denn das einzige, woran ich damals dachte, war der Tag jenseits der Grenze.

DREISSIG

Woher dieser Drang nach einem Geständnis? Beschränken Sie sich doch, so mein Arzt, auf eine Szene, einen Schnappschuss, um die Unschärfen besser umgrenzen zu können.

Deine Mutter hasste es, fotografiert zu werden, mehr noch, für eine Kamera Modell zu stehen. Gesichtslose Großaufnahmen von Gliedern und Haut: das Ohr, ihre Haare dahintergestrichen – klick; der rauhe Vorhof der Brustwarzen – klick; die Gänsehaut an ihrem Po – klick, der Körpergeruch des Fotografen, der ihr den Lichtmesser an den Bauch hält, jeder Schuss, als würde sie verfolgt. Obwohl sie sich ungleich mehr dabei bewegen konnte und musste, fühlte sie sich toter; erst die statischen Posen für ein Bild oder eine Skulptur ließen sie aufleben, weil sie dabei den Künstler für sich gewinnen und vereinnahmen konnte, damit er sie wiedergab, nicht wie sie war, sondern wie sie sich wollte.

In der Pause ging sie zwischen ihren Doubles umher, berührte die schwierigeren Details mit Fingerspitzen, eine Hüfte, das Rückgrat, die Nasenflügel, ein Ensemble noch unfertiger Figuren, die ihr vorausgingen in die Welt. Ich weiß noch, wie einer von uns, unzufrieden mit der Ähnlichkeit, noch während der Sitzung den Gipfskopf, an dem er arbeitete, in beide Hände nahm und mit einem harten Ruck abtrennte, sodass deine Mutter auf dem Podium zusammenzuckte und nach Luft schnappte.

Ihr Gesicht verfolgt mich noch immer. Es war nicht schön im klassischen Sinne; vielmehr beeindruckten ihre klar geschnittenen Züge, in denen sich die Abgründigkeit des Lebens zu manifestieren schien. Ihre Mimik jedoch konnte binnen eines Augenblickes zwischen sprühender Offenheit und völliger Verschlossenheit wechseln: als zucke ein Schmerz in ihr auf, der sich in beinah kindliche Hingabe verwandelte. In diesem Punkt logen die Fotografien nicht; sie arbeiteten das Megärenhafte und Missgünstige an ihr ebenso heraus wie ihr vergebliches Aufbegehren dagegen: mit ihr zu sein hieß, in dem schmalen Raum dazwischen zu leben. Niemand konnte besser Begeisterung vortäuschen, Lebensfreude und menschliche Nähe verkörpern, um im nächsten Moment ein steinern weißes Antlitz zu zeigen, das unter seiner anmaßenden Glätte jeden Ausdruck wieder verbarg, als vermöchte sie ihr eigentliches Ich nicht mehr zu überspielen.

Stattdessen schien sie einem an den Lippen zu hängen, als hätte sie nur auf diese Worte, diese Sätze gewartet, die ihr alles erschlossen. Ihre Stimme war ungewohnt tief, selbstsicher, ein Register, das alles umfasste, bis sie heiser wurde und verstummte, in diesem dramatischen Wechsel, bei dem ihre Angst zum Vorschein kam: die durch nichts zu vertreibende Angst, dass sie im Grund gar nicht existierte, bereits gestorben war, lebendig begraben unter all dem Unverständnis für ihr Wesen.

Doch das Bild, das du von deiner Mutter in Erinnerung behalten sollst, ist anders als die Fotografien, die etwas von ihr der Vergänglichkeit entrissen haben, ohne das Lebendige wiedergeben zu können. Dabei suchte sie nur Schutz – obwohl sie einen wieder zurückstieß, sobald man sie in den Arm nahm. Sie wusste um das Pathos ihrer Gefühlsausbrüche, schrieb ihre Hysterie ihrem Körper zu, ihren Hormonen oder machte ihren Vater dafür verantwortlich, seine Cholerik, mit der sie aufgewachsen war, die ewig geduckte Frau an seiner Seite, beide sich stets irgendwie betrogen fühlend: sie wusste um all dies und konnte ihm doch nicht entrinnen.

Und dann war da wieder ein weiß ausgefliester Raum, ein Boden aus blauem Linoleum, die Luft kalt und abgestanden. Man zog eines der Schubfächer des Metallschrankes heraus, die Rollen in der Leiste quietschend, eine grüne Plastikfolie glatt über den gestreckten Körper gelegt, von den Fußspitzen leicht zu einem Bogen gespannt.

Bis zu diesem Moment war es noch möglich gewesen, das Unabwendbare zu verdrängen, die Illusion meines bisherigen Lebens aufrechtzuerhalten. Mit der mechanischen Bewegung jedoch, mit der die Platte des Fachs herausgerollt wurde, erhielt es seine unabänderliche Wirklichkeit. Sie war so endgültig wie übergangslos, dem Augenblick nach einer langen Trennung vergleichbar, während der man sich die Geliebte immer wieder aufs neue ausgemalt hat, alles an ihr, ihre Abwesenheit einen mit körperlichem Schmerz erfüllend, bis man endlich aus dem Zug steigt und sie am Perron steht, so bestürzend selbstverständlich, dass das Nachbild der Ferne bloße Einbildung gewesen zu sein scheint. Ich war dann stets maßlos enttäuscht, enttäuscht über mich, weil ich es nicht zu bewahren verstand, es mit jedem Schritt über den Bahnsteig, unter den auf uns fallenden Blicken, seine Wirkungsmacht einbüßte und so eindeutig wurde, so eindimensional wie real.

Die Plane wurde zurückgeschlagen, und ich öffnete den Mund: als steckte mir ein Vogel in der Kehle, der sich aus der Luftröhre herauspresste, seine nassen Federn stickend an Zunge und Zähnen, sich herauswindend und schüttelnd vor dem ersten Flügelschlag, würgte ich trocken, vornübergebeugt, die Bauchmuskeln verkrampft. Der Kopf deiner Mutter war leicht zur Seite geneigt, ihr Haar hochgesteckt; die Mundwinkel ein wenig verschoben, die Brauen leicht hochgezogen, ein Schatten über ihrer Wange, als sähe sie in der Ferne etwas, das sie irritieren könnte, dessen Name ihr auf der Zunge lag, ihr aber noch nicht über die Lippen kommen wollte. Ihr Schlüsselbein zeichnete sich streng unter der wächsernen Haut ab, die Halsgrube vertieft; das war das letzte, was sich mir einprägte, bevor ich mich abwandte.

Ich nickte, identifizierte auf die Nachfrage dann deine Mutter auch formell, und man brachte mich auf die Polizeistation, wo ich stundenlang allein am schmierigen Chrom eines Tisches saß, einem Spiegel gegenüber, der an der Rückseite durchlässig war.

Es steht mir vor Augen, jetzt wie damals, und ohne dass daran etwas zu deuten wäre. Ich stehe auf und setze mich wieder an den Tisch, ohne dem etwas hinzuzufügen, blättere in meinen Kunstbüchern, als fände ich den Gesichtsausdruck deiner Mutter dort dargestellt. Doch stattdessen ist da jetzt dieses bleifarbene Flattern einer Taube am Fensterbrett, das aufgebrachte Gurren, weil sie sich halb gefangen sieht, das Glas für Luft haltend, von diesem Trugbild des Lichtes ebenso verstört wie von sich selbst, das Gefieder gegen das Scheibenkreuz schlagend.

Deine Mutter war erstickt. Ob sie erwürgt worden war, ließ sich nicht feststellen; an ihrem Hals fanden sich keine Blutergüsse, die Augen wiesen jedoch geplatzte Äderchen auf. In ihrer Wohnung war nichts in Unordnung gebracht worden, das Schloss der Tür intakt. Ein Nachbar hatte dich schreien gehört, die Leiche entdeckt und schließlich die Polizei verständigt.

Wirst du dich noch an dieses Schrecknis erinnern? Wie du schließlich aufgestanden bist, um nach deiner Mutter zu suchen, sie auf ihrem Bett gefunden und nach ihrem Arm gegriffen hast, der dir zu schwer war, um ihn hochzuheben, dich an ihre kalte Brust geschmiegt hast, ihre Starre bestürzender als Hunger und Durst. Es nahm sich schließlich eine Sozialarbeiterin deiner an, all das Fremde dich völlig verstörend: als man mich endlich zu dir ließ, fiel es mir schwer, dich zu beruhigen.

Es war das letzte Mal, dass wir zusammen waren: uns blieben nur mehr die Wochen bis zum Ende der Ermittlungen. Ich kochte für dich, wir gingen ins Freie, waren den ganzen Tag zusammen, badeten lange und schliefen eng umschlungen: ich war glücklich. Und auch du schienst es wieder zu werden, trotz allem; ich hörte es an deinem Summen, und wie du versucht hast, mir Worte nachzusprechen, Zunge und Lippen, als würdest du trinken. Ich kannte mich kaum noch, so ausgelassen war ich, in kindischem Spiel mit dir befangen, dass ich mich mit dir gar um Bauklötzchen raufte. Du warst in dem Monat, in dem ich dich nicht gesehen hatte, gewachsen, dein Gesicht schmaler und irgendwie listiger geworden: das merkte ich daran, dass du heimlich hinter der Schokolade her warst und, als ich dich erwischte, nur breit über dein verschmiertes Gesicht gegrinst hast, fast schon verschlagen, ein Stück noch in der Hand hinter deinem Rücken verborgen, sodass ich unwirsch aufbrauste.

Alles, was wir an diesen Tagen unternahmen, ist

mir unauslöschlich im Gedächtnis geblieben, es ist das einzige, was ich in die andere Schale der Waage legen kann, die sich längst zur Erde geneigt hatte. Verdrängt aber habe ich, dass du mich manchmal, nach dem Aufwachen, verstört über die Abwesenheit deiner Mutter, angesehen hast, als sei ich dir unbekannt, dich aus meinem Arm gewunden und über die Bettkante fallen gelassen hast. Weißhäutig ranntest du durch das Zimmer, mich fliehend, von einer Wand zur anderen, mit halboffenem Mund, wie Stumme, die ihren Schmerz nicht mehr zurückhalten können.

EINUNDDREISSIG

Ein Bekenntnis, ja, das möchte ich dir gerne ablegen; aber du hast es mir schon damals von den Lippen gelesen.

Ich wurde immer wieder zu neuen ›Auskünften‹ zitiert, wie man diese Verhöre nannte, du derweil in der Polizeistation bespielt von der Sozialarbeiterin. Dass ich keinen Zugang zur Wohnung deiner Mutter hatte, das Schloss längst ausgetauscht worden war, genügte nicht, um die Verdachtsmomente gegen mich auszuräumen: deine Mutter war durch jemanden zu Tode gekommen, den sie gut gekannt haben musste. Sie schien mit einem neben ihr gefundenen blauen Samtband erwürgt worden zu sein, doch offensichtlich ohne sich gewehrt zu haben oder sich wehren zu können. Ich schilderte ihre Sexualpraktiken, ihre Erstickungsgefühle verursachenden Erregungen, bemühte mich, ihre Beziehung zu Louis nur am Rande zu erwähnen, um ihn nicht unnötig in diese Geschichte zu ziehen, und war zugleich gierig auf jedes Detail: Wie hatte sie gelegen? War sie unbekleidet gewesen?

Ihr Tod war um elf Uhr abends eingetreten, als ich an einem Bild von dir arbeitete, dein Torso in dickem gelbem Acryl, ohne auch nur mehr eine Ähnlichkeit mit dir zu erzielen.

Ich fragte in dem Maße nach, in dem ich befragt wurde, um mir ihren Tod bis ins Kleinste auszumalen. Ich sah das Zimmer vor mir, in dem wir lange zusammen geschlafen hatten, den roten langen Vorhang, die Brüstung zur Straße hin, den Gitterpfosten des Bettes, ich wollte es nachvollziehen können, mich einleben, als wäre ich selbst dabeigewesen, es befriedigte mich unsäglich, ich weidete mich in dieser Genugtuung. Ich hatte keinen Zweifel, wer sie umgebracht hatte, fühlte mich ein in ihn, fragte mich, wie er es angebahnt hatte, unter welchem Vorwand: wie lange hatte er gebraucht, um ihr näherzukommen? Seine uneingeschränkte Aufmerksamkeit hatte wohl genügt…

Und so hörte ich ihn läuten, sah ihn eintreten, es bedurfte kaum des Geplänkels und der Konversation, leise, leise des Kindes wegen. Sie wollte seine Lippen auf die ihren gepresst haben, langsam entkleidet werden, das war wichtig, Zoll um Zoll, erst einen Finger, dann den zweiten Finger unter ihrer Jacke, ohne dass er sich aber ausziehen durfte. Es war ohnehin nur das Vorspiel, mit dem sie ihn so weit brachte, sich ihrer Choreographie zu überlassen, eine berechnende Geste um die andere, all die formalisierten Bewegungen und Posen, die ich allzu gut kannte, ein weißes Ballett von Fußwechseln, gesprungenem, gestrecktem und geworfenem Schlagen, um im Katzenschritt wieder Fußposition einzunehmen, beide Hände auf der Barre.

Ließ sie sich festbinden? Oder genügte es ihr, sich selbst daran klammern zu können? Schritt für Schritt sah ich alles vor mir, die gesamte Schlagfolge, Fouetté, dann Effacé nach hinten und vorn, die weiße Hand mit den roten Fingernägeln gespreizt, Battement tendu bis zum Grand jeté, in dem erst sie sich verlieren konnte, den Hals lang gereckt, er auf ihr kniend, die Hände um ihren Hals, während sie völlig reglos lag: die Schlagader nur leicht vom Daumen abgedrückt, das blaue Band darunter, der Rausch ihr in den Kopf steigend wie ein schwarzer, summender, alles übertönender Bienenschwarm, gelbfleckig vor den Augen: Brisé. Worauf er sich wieder anzog, sie vielleicht noch leicht drapierte, die Stellungen verwischend und verändernd, ein Verbindungsschritt und dann hinaus, Richtungswechsel.

Mit jedem Mal, dass ich es mir vorstellte, wurde es gegenwärtiger; ich war nicht mehr bloß Zuschauer dieses Schwanensees, ich steigerte mich in eine atemlose Hysterie, als könnte ich mich mit diesem Hoch über das aufsteigende Schuldgefühl erheben, das mich schier erstickte, bis ich schließlich vor dem verchromten Tisch zusammenbrach und alles schilderte, jede einzelne Position bis zum Retiré, in einem umfassenden Geständnis. Ich widerrief es erst, als man mir die Abschrift zur Unterzeichnung vorlegte.

Wozu den monatelang sich hinziehenden Prozess schildern? Er bestand letztlich aus weiteren Stellungswechseln, ohne dass das eröffnende Gambit eine schnelle Entscheidung erzielt hätte; es blieb ein bloßes Bauernopfer. Das eigentliche Geständnis fasse ich hier ab.

Man ließ also meinen Fall schließlich offen und stellte das Verfahren ein; der Verdacht blieb dennoch an mir haften. Und es ist dadurch, dass ich dich endgültig verlor, erst dadurch. Du wurdest der Obhut der Schwester deiner Mutter übergeben, die mich offen des Mordes bezichtigte und mir jedweden Zugang zu dir verweigerte.

Angesichts dessen brachte ich es nicht mehr fertig, mich noch einmal aufzubäumen. Ich hatte keine Kraft mehr, keinen Willen; Kim fand mich schließlich in einem Zustand völliger Apathie, dass sie alles regelte, damit mich diese Klinik hier aufnahm. Ich habe es, den Umständen entsprechend, gut; der Blick kann weit über das Vorland schweifen, hinter der Anstalt die Bruchstelle der Schweizer Alpen.

ZWEIUNDDREISSIG

Dabei sind mir diese Seiten inzwischen zum Tagegeld geworden, mit dem ich meine Leere abstottere.

Der einzige Beweis, den ich habe, ist der Brief, den ich einen Monat später erhielt. In ihm steckte das Foto deiner Mutter, zusammen mit einer lapidaren Postkarte von Karlovac, auf der in ungelenk geschwungener Schrift stand: Ich hoffe, es hat sich nun alles gebessert; Milan.

Doch es hatte sich nichts gebessert; und schon bald begann eine Trauerarbeit, die alles in Frage stellte, mein Leben, meine beiden Lieben, meine Familie und Erziehung. Was all das bis dahin miteinander verbunden hatte, stellte sich mir zunehmend völlig willkürlich und illusorisch dar, als Wunschdenken. Ich bin der alltäglichsten Dinge meines Lebens verlustig gegangen; sie wurden mir bei der Einlieferung abgenommen: Schuhe und Gürtel, Hausschlüssel, Telefon, Adressbuch und Geldtasche, selbst die Münze.

Ich hatte sie an jenem Tag in Kroatien geworfen

und mein Schicksal davon abhängig gemacht: Kopf oder Zahl. Dabei war es letztlich ganz egal gewesen, auf welcher Seite sie zu liegen kam: ich wäre so oder so leer ausgegangen. Dass man mir vom Arzt bis zu meinen wenigen verbliebenen Freunden und Bekannten mit Vernunft begegnet, um mich von meiner Paranoia und Selbstmordphantasien abzubringen, hilft nicht. Jeden wohlgemeinten Rat habe ich ausgeschlagen, ihre sogenannten guten Gründe widerlegt, die angebotenen Perspektiven destruiert. Indem ich alle Fluchtlinien ausradiere, suche ich nach irgendeinem Beweis als Gegenprobe zu jener Nicht-Existenz, wie sie sich in meinem kränkelnden Körper zu äußern beginnt: den Punkten vor den Augen, dem Tinnitus im Ohr, Herzrasen, Magenschmerzen, Gliederreißen. Man versucht mir Hypochondrie einzureden; ich aber will eine Bestätigung, dass ich nicht schon zu Lebzeiten tot bin, mehr noch: irgendein Anzeichen von Rettung, Erlösung, Heil.

Dabei argumentierte ich ebenso sophistisch wie mein Anwalt, nur mit dem Unterschied, dass er bei dem Indizienprozess alles Entlastungsmaterial vorbrachte, während es mich nach einem umfassenden Geständnis drängte. Die Urteilsaussetzung führte bei Gericht wie in meinem Leben zum selben: zu Schweigen. Diese Außerstreitstellung scheiterte jedoch an der Tatsache deiner Existenz: sie erzwang meine Stellungnahme. Denn ob die Eingaben bei Gericht, Plädoyers zu meinen Gunsten vor dem Staatsanwalt oder meine ohnmächtigen Äußerungen hier, sie alle führen zu ein und demselben Urteil: Ich habe kein Recht auf dich. Und bin damit hinfällig.

So wie das eigene Leben in ein anderes Leben übergeht, löst es sich auch auf, sobald einem dieses andere Leben wieder entzogen wird: das Ich wird ausgelöscht und die Welt schließt sich über einem. Es ist mehr als bloße Kastration: wie weiterleben, wenn ein Kind das einzige mögliche Aufbegehren gegen den Tod ist?

Worauf sonst könnte sich aller Glaube an ein Jenseits richten, all die Hoffnungen, mit denen man die eigene Angst vor dem Sterben überwinden will? Selbst wenn ich beim Jüngsten Gericht wiederauferstehen würde, wäre das nicht mehr mein Körper, der sich bis dahin in Elementarteilchen aufgelöst hätte, noch wäre es länger mein Ich. Auch das Bewusstsein meiner selbst resultiert erst aus dem Leben, in dem es steht, seinen beständig sich verändernden Formen; es ist nicht mehr als ein hypothetischer Schnittpunkt unterschiedlich einwirkender Kräfte. Einzig in unseren Kindern leben wir fort.

DREIUNDDREISSIG

Tage des Schreibens. Dennoch weiche ich immer noch der Frage aus, ob dich diese Aufzeichnungen auch erreichen sollen, oder ob sie nicht besser ein Irrläufer blieben.

Mein Vater hat mich nach einem Schweden benannt, der mit einem Ballon zum Nordpol gelangen wollte. Die Nachricht von der Entdeckung seiner Leiche und denen seiner beiden Gefährten ging in den 30er Jahren rund um die Welt; die Unternehmung hatte meinen Vater in seiner Jugend derart beeindruckt, dass er mich schließlich auf den Namen des ›Ingenieurs Andrée‹ taufte. Mehr als das Staatsbegräbnis, das man ihnen zuteilwerden ließ, und die Verehrung, die man ihnen als Lichtgestalten des wissenschaftlichen Fortschritts erwies, bewunderte er wohl, dass der Schwede sich aus engen Verhältnissen hochgearbeitet hatte, um sich seinen Traum zu erfüllen, und dabei stets für soziale Verbesserungen eingetreten war. Man denke nur, der kleine Angestellte eines Patentbüros! Und am Schluss noch frohen Mutes, obwohl es ans Sterben ging!

Mein Vater meinte damit auch sich selbst, seine damalige auf Autarkie, soziale Gerechtigkeit und Gottesfürchtigkeit aufgebaute Kooperative in der Branau. Ich versuchte auf meine Art, es dem schwedischen Ingenieur gleichzutun. Auf unserem Hof am Rande des Schwarzwaldes nagelte ich deshalb einen Korb zusammen und baute einen alten Gasherd ein, meine Mutter nähte mir eigenhändig Tuchfahnen zusammen, aber natürlich füllte sich diese Montgolfiere nicht mit Luft; was zählte, war die Arbeit daran.

Andrée war aufgestiegen, ja: zu diesem Zweck hatte er am Boden nachzuziehende Schleppleinen erfunden, welche den Ballon langsamer als den Wind halten sollten, um ihn wie ein Luftschiff manövrierfähig zu machen. Kurz nach dem Start zogen die Schleppleinen ihn jedoch hinab, sodass der Korb ins Meer tauchte, oder sie verhedderten sich am Grund, verdrehten sich ineinander und lösten sich aus den Verschraubungen, worauf der Ballon viel zu hoch stieg, übermäßig Gas verlor, vereiste und, von den Strömungen der Luft abgetrieben, allzu bald landen musste. Auf einer Scholle driftete Andrée dann bis zur Weißen Insel, wo er wie ein homerischer Held seine letzte Ruhestätte fand, Oberkörper und Reste des Unterleibs dreißig Jahre später fast vollständig erhalten.

Und so wie ich hatte auch Andrée trotz des sich abzeichnenden Fiaskos seine Brieftauben abgeschickt mit der Meldung ›Wetter wunderbar, Stimmung hochgemut‹; wie bei mir stellte sich die Vorstellung, durch Schleppleinen sein Leben gegen den herrschenden Wind lenken zu können, als illusorisch heraus. Er verhungerte in Sichtweite der Bäreninsel an der kalten Küste Svalbards.

Eine seltsame Gleichung: Ich ist X. Die Metapher, zu der man sich sein Leben lang hinarbeitet; nomen est omen. Dein Vorname ist das einzige, was ich dir mitgeben konnte. Deiner Mutter habe ich ihn als Abkürzung von Isabella präsentiert, damit sie zustimmte: die ewig Schöne – das gefiel ihr, vielleicht weil sie darin auch Isolde heraushörte, die tragische Geliebte, an der die Männer Schiffbruch erleiden.

Ich jedoch wollte, sobald du alt genug warst, zusammen mit dir die Fahrt zum Ort, dessen Namen du trägst, unternehmen, hinauf in jenen hohen Norden, den ich immer mit der Stimme meines Vaters in Verbindung bringe, die Nähe, die er zuließ, wenn wir uns beide über den Tisch beugten, wo er aus Illustrierten gerissene Artikel ausgebreitet hatte, um die Fotos zu studieren, die Karte daneben, um sie dann in seinem Zettelkasten abzulegen: weil er nie das Geld haben würde, dorthin zu reisen, hatte er fast von jedem Ort Islands eine Ansicht zusammengetragen.

Wir hätten die Fähre von Dänemark über die Färöer genommen, bis sich uns endlich beim Blick durch das Bullauge die Insel am Horizont abzeichnete, immer massiver aus den Wolken ragend. So hätte ich sagen können: das bist du. Dieses Land, das zwei Kontinentalschollen angehört, die jedes Jahr weiter auseinanderdriften, gleich dir und mir, diese Insel da mit ihren Geysiren und Vulkanen, den Eisbergen und Gletschern, mit ihrem einen Tag und ihrer einen Nacht, ihrem Sternenhimmel und der nicht untergehenden Sonne, den Bären und allem Gevögel: Silber- und Raubmöwen, rotkehligen Tauchern, Lummen und Alke, Tölpel und Schwänen, Steinbrech auf der bunt verwitterten Lava, Flechten und Moose, Leimkraut und violett blühende Lupinen. Selbst in totem Gestein hält sich Leben und trotzt, den Birken gleich mit ihrem weichen weißen Bast, ihren viel zu grünen feinen Blättern, dem dünnen biegsamen Geäst, um sich gegen den Wind zu erheben. Und dann die Höfe und Siedlungen, wie sie sich der Natur nach ordnen, am Rande von Geröllfeldern und Flüssen, vom Hochland bis zur Rauchbucht, der Hauptstadt, in der es sogar etwas von unserem amazonischen Urwald in einem Gewächshaus gibt, Orchideenblüten mitsamt Bananen, Regen aufs Glasdach prasselnd.

Wir hätten diese Sprache vernommen und uns an unsere ureigene erinnert, an die Worte, mit denen wir die Welt zum Sprechen brachten, in den paar Stunden, wo sie unser war. Wir hätten hinter jedem Stein nach Trollen und Elfen Ausschau gehalten und die Geschichten gehört, die über dieses Land der Lava und des Meeres gesponnen wurden, das Garn, mit dem sich die Menschen an einen Ort knüpfen, ein Netz, in dem sich auch Sterne fangen lassen, als wären sie die Augen der Fische im Meer der Nacht, und hätten das Irrlicht der Sonne beobachtet, eine jeden Anfang ankündigende Aurora.

Und dann wären wir nach Ísafjörður gefahren; auch ich habe längst davon gelesen, meine Ansichten von dieser bunt zusammengewürfelten Stadt gesammelt, von den gelben und grünen Holzhäusern auf ihrer Sandbank; brauchte man Platz, wurde einfach ein weiterer Streifen aufgeschüttet, sodass die Halbinsel mittlerweile beinahe von einem Ufer dieses Eisfjords zum anderen reichen soll. Wir hätten das Fischereimuseum im alten Hafen besucht, die davor ausgelegten Salzfische gesehen, Schwanenflügeln gleich, und abends an einem Tisch draußen blind von der Speisekarte bestellt und in Molke gesäuerte Widderhoden gegessen oder einen tranigen Papageientaucher mit süßem Roggenbrot, die kahlen Rippen der Berge gegenüber rot im späten Abend aufleuchtend. So hätte ich das, was ich bloß von den schwarzweißen Fotos im Islandbuch meines Vaters kannte, in Farbe gesehen, all das, was mein Name mir jemals an Ferne verhieß, um dir sagen zu können: schau, all dies hier bist auch du. Und mehr. Das Eis in deinem Namen ein Spiegel für etwas, für das man dort noch neunundneunzig weitere hat.

Und wenn es Winter gewesen wäre, hätten wir vielleicht die Eisberge singen gehört, das weit sich ausbreitende, dunkle Sirren ihrer Wände, in Schwingung versetzt von dem durch die blauen Tunnel und Risse gepressten Meer, um als geisterhaftes Lied an unsere Ohren zu dringen. Wir wären so lange geblieben, bis wir auch einen Eisbären gesehen hätten, und dann weiter nach Spitzbergen gefahren, dorthin, wo des Luftschiffers Andrée leichtfertige Fahrt in den Norden begann.

Wovon hätten also die Eisberge gesungen? In Grönland erzählt man die Geschichte einer Frau, die nach einer Fehlgeburt fort von ihrer Familie lief. Als sie schon fast am Erfrieren war, sah sie ein Iglu, in dessen Eingangstunnel Felle lagen: sie ging hinein und blieb dort, wo die Eisbären menschliche Gestalt haben. Der größte unter ihnen zog sich jeden Morgen sein Fell über, um auf die Jagd nach Robben und Fischen gehen zu können, und brachte ihr seine Beute. An manchen Tagen aber sehnte sie sich nach ihrer alten Familie. Als sie sich nicht mehr von einem Besuch abbringen ließ, warnte sie der Bär: Sag niemanden etwas von uns. Doch kaum umarmte sie wieder ihren Mann, konnte sie nicht an sich halten und flüsterte ihm aufgeregt ins Ohr: Ich habe Bären gesehen. Und das ganze Dorf zog los mit Schlitten und Hunden. Der Bär sah sie kommen und biss seinen Jungen das Genick durch, weil er sie nicht in die Hände der Männer fallen lassen wollte; dann stürmte er auf allen vieren hinaus und packte die Frau, die ihm untreu geworden war. Die Jäger vermochten sie nicht zu beschützen, obschon sie ihn mit ihren Hunden umstellt hatten, denn miteins begann alles ringsum zu leuchten, und der Bär entwischte ihnen, indem er zum Himmel emporstieg. Die Männer merkten, dass auch sie den Boden verloren, und setzten ihm nach, ihre Schatten immer größer, immer weiter und dunkler unter ihnen. Seitdem wird Orions Gürtel ›drei Läufer‹ genannt und der Aldebaran ›Eisbär‹; unser Kleiner Bär dagegen heißt bei den Inuit Nuuttuittuq, der ›Unbewegliche‹: der Polarstern, der du mir geworden bist.

Ich entgehe mir ebenso wenig wie meinem Gewissen; ich lebe schon zu lange im Bewusstsein meiner Schuld am Tod deiner Mutter, den ich mir gewünscht hatte, herbeigesehnt mit allen Fasern meines Ichs. Als Kind fragte ich einmal meinen Vater, ob bereits der Gedanke an eine Sünde genüge, um schuldig zu sein, ob allein der Glaube ausreiche, unrecht zu tun, ohne dass es sich hernach jedoch wirklich als Verstoß gegen die Gebote und Strenge Gottes herausstellte. Mein gebrechlich gewordener Vater überlegte lange und meinte schließlich, dass auch dies nach Beichte und Sühne verlange. Denn es gäbe nur eine Sünde: das Gute nicht zu wollen, Erkenntnis nicht zu wollen. Wer das Gute nicht will, hat die Gnade verspielt. Und der Gedanke ist für das eigene Heil bestimmender als alle Taten. Doch was, wenn Schuld das letzte ist, an das man sich noch halten kann? Begehe ich mit diesen Bekenntnissen nun denselben unverzeihlichen Verstoß? Indem ich dir schreibe, was allein für mich bestimmt ist, das zu lesen dir jedoch die Unschuld rauben wird?

Doch an wen sollte ich sonst meine Zeilen richten? Ist es schrecklicher, nichts über seine Herkunft und diesen Sündenfall zu wissen, es durch andere und ihre unvermeidlichen Halbwahrheiten zu erfahren, oder sein Leben in einer Leere zu beginnen, die dich nichts außer ihrer selbst lehren könnte? Von beidem aber kann ich dich befreien, indem ich alles auf mich nehme. Ich war schwach: dadurch habe ich zu mir gefunden, dich jedoch verloren. Ein besserer Vater hätte darauf gewartet, dass du zu ihm kommst, von selbst, ganz gleich, wie lange es gedauert hätte.

Darum geh. Von Reykjavik ist es nicht weit zum alten Thingplatz am Fuß jenes Grabenbruchs, in den der Fluss stürzt. Wenn du einmal dorthin kommen solltest, dann sag deinen Namen. Es genügt, heißt es, ihn zu flüstern; vom Lögberg aus, dem Fels des Gesetzes, soll er weitum zu vernehmen sein. Und dann horch, ob die Stille sich um ihn schließt und sich auf das Gehölz und die Blumen zur Sommersonnwende legt, über den See, der jenen Grabenbruch ausfüllt, wo das Land Jahr um Jahr zwischen den Kontinenten absinkt, um sich irgendwann zum Meer zu weiten. Ich werde dort gewesen sein, ich werde mich aufgemacht haben, dorthin und weiter, auf den Augenblick hoffend, in dem wir uns begegnen.

Sehr geehrte Frau Niklas,

der Notar wird Ihnen die testamentarische Verfügung Ihres Vaters samt den privaten Papieren und den von ihm gesammelten Artikeln zum Zeitpunkt Ihrer Volljährigkeit aushändigen. Seine Bilder werden nach wie vor von uns aufbewahrt. Ihr Vater verstarb nach längerem Aufenthalt in unserem Sanatorium an den Folgen eines inoperablen Lymphdrüsenkrebses am 24. 10. 2011. Ich betreute ihn in meiner Funktion als Psychiater, möchte jedoch behaupten, dass Ihren Vater Andreas und mich am Ende eine Art Freundschaft verband. Deshalb gestatten Sie mir ein gewisses Maß an Parteinahme, wenn ich seinen Äußerungen, die Ihnen hiermit übergeben werden, einige begleitende Sätze hinzufüge.

Soweit mir ersichtlich, war der mit ihrer Mutter ausgetragene Streit um das Sorgerecht das Ergebnis einer m. E. längst nicht mehr zeitgerechten Judikatur. Der betreffende Beschluss ist beigelegt; er gewährte ihrem Vater aufgrund eines kinderpsychologischen Gutachtens ein Besuchsrecht im Umfang von einem Sonntag pro Monat, wobei das Gericht ausführte, »dass dem biologischen Faktum der Vaterschaft, besonders in einer unehelichen Verbindung, kein Anspruch auf ein gemeinsames Sorgerecht zukommt, wie es der Vater anstrebt«. Ihr Vater hat diesen Entscheid zweifellos schwer verkraftet. Was er in seinen Aufzeichnungen schildert, ist jedoch eher dem Zusammentreffen rein akzidenteller Ereignisse zuzuschreiben, deren Konstellation – soweit ich es den Sitzungen mit Ihrem Vater entnehmen konnte – so unvorhersehbar wie zufällig war. Die Folgen wären vielleicht ver-

meidbar gewesen, wenn Ihr Vater sich in einer besseren psychischen Verfassung befunden hätte.

Meine Diagnose, die mit jener von zwei weiteren hinzugezogenen Ärzten konform geht, konstatierte zunächst zeitweise geistige Verwirrung und Onirismus als Symptome einer schweren Depression. Im Zuge der Anklage um die Umstände beim Tod Ihrer Mutter führte dies leider auch dazu, dass ein Antrag eingebracht wurde, Ihrem Vater die Mündigkeit zu entziehen; er wurde jedoch aufgrund seines frühen Todes gegenstandslos.

Was den Tod Ihrer Mutter betrifft, sind auch hier Klarstellungen angebracht. Die polizeilichen Ermittlungen konnten – soweit mir bekannt – weder Spuren fremden Eindringens in ihre Wohnung noch Anzeichen gewaltsamer Einwirkungen oder irgendwelche Abwehr feststellen: man kam damals zum Schluss, dass sich Ihre Mutter zusammen mit Ihnen allein in der Wohnung befunden hatte. Das neben dem Leichnam Ihrer Mutter gefundene blaue Band war die Erfindung eines einzelnen, sensationsgierigen Journalisten, der damit vorgeben wollte, das Fehlen von Strangulationsspuren erklären zu können. Als Todesursache wurde Genickbruch bestimmt, der offenbar aus einem Stoß gegen das Metall der oberen Bettkante resultierte. Es ist eine Eigenart der menschlichen Anatomie, dass der Hals eine extreme Fragilität aufweist: ein geringer Schock auf die Knorpel und Knöchelchen genügt, um zum Tode zu führen. Das Verfahren wurde schließlich eingestellt; wenige Monate später ließ sich Ihr Vater bei uns einweisen.

Nach dem Verscheiden Ihres Vaters war es an mir, seine Hinterlassenschaft zu sichten. Dabei stieß ich auf den an ihn adressierten Brief eines Freundes, Louis A., aus dem ich Ihnen folgende Zeilen zitieren möchte:

> *Es war ein Unfall. Sie lag ausgestreckt auf dem Bett; ich massierte ihr Hals und Nacken, so wie ich es immer machte, wenn sie unter Migräne litt. Von da an weiß ich nur mehr, dass ich meine beiden Daumen in die Kuhle neben ihrem Brustbein drückte, um sie langsam hinauf zu ihren Ohren zu ziehen. Ich zog sie im V die verhärteten Muskeln hinauf, meine Arme bereits müde, ihr Gesicht friedlich und heiter, die Augen zur Decke gerichtet. Und da erschrak ich: ihr Blick war starr geworden, ausdruckslos, die Zungenspitze schmal und rot zwischen den Zähnen. Ich versuchte vergeblich, sie wiederzubeleben, und lief dann einfach aus dem Zimmer. Ich weiß, dass ich mir von Dir kein Verzeihen erhoffen kann. Dass ich Dich damit der öffentlichen Bloßstellung in einem Verfahren aussetzte, obschon es bald im Sande verlief, ist unentschuldbar. Und auch, dass ich keine befriedigende Erklärung vorzubringen imstande bin. Zwar kann ich nicht die Folgen auf mich nehmen, die Verantwortung dafür aber schon.*

Ich habe diesen Brief an die zuständige Behörde weitergeleitet. Da Louis A. jedoch kurz nach diesen Zeilen – ein Jahr vor dem Ableben Ihres Vaters – Selbstmord beging, sah man davon ab, das Verfahren neu aufzurollen. Dennoch verletze ich meine Schweigepflicht nicht, wenn ich Ihnen diesen Auszug übermittle. Ich sehe es als ein moralisches Gebot, Sie darüber zu informieren, um die von Ihrem Vater in seinen Schriften gegen sich selbst erhobenen Anschuldigungen zu relativieren – auch deshalb, weil er offensichtlich von diesem Geständnis wusste. Dass er es nicht zur Kenntnis nehmen wollte, ist wohl seiner Depression zuzuschreiben. Seinen Aufzeichnungen ist deshalb nicht überall zu trauen; das zeigt sich bereits an den Dingen, die ein Vater seiner Tochter nie beichten dürfte. Andererseits: wenn er von Ihnen sprach, dann tat er das, um – ich übernehme hier seine Wortwahl – einen Angelpunkt zu erhalten und Klarheit über sich zu erlangen.

Dieses Wissen müsste Ihnen die Zeilen Ihres Vaters in anderem Licht erscheinen lassen: es nimmt einiges von dem Schatten, in dem Ihr Vater sich sah. Ich habe ihn als sehr sensiblen Menschen kennengelernt und kann sagen, dass er sich stets nur liebevoll über sie (und des Öfteren auch über Ihre Mutter) geäußert hat, ohne dass es leere Worte gewesen wären. Der Klang Ihres Namens ist mir heute mit seiner Stimme verbunden: Isa.

Ich bin gerne erbötig, Ihnen in einem persönlichen Gespräch Näheres zu berichten, und verbleibe, hochachtungsvoll

Roland Debray